J. V. Plan...

ŒUVRES

DE

M. EUSÈBE DE SALLE.

———

SAKONTALA

A PARIS.

Ouvrages du même auteur :

ALI LE RENARD OU LA CONQUÊTE D'ALGER (1830), roman historique, 2 vol. in-8° ornés de vignettes de Johannot   15 fr.

Sous presse :

L'ANÉVRISME OU LE DEVOIR, roman, 2 vol. in-8°

IMPRIMERIE DE LACHEVARDIERE,
RUE DU COLOMBIER, N° 30.

PELLIER.   RIVIERE.

SAKONTALA

A PARIS.

ROMAN DE MOEURS CONTEMPORAINES;

PAR EUSEBE DE SALLE,

AUTEUR D'ALI LE RENARD.

PARIS,

LIBRAIRIE DE CHARLES GOSSELIN,

RUE SAINT-GERMAIN-DES-PRÉS, N° 9.

1833.

PRÉFACE.

PREFACE.

La situation qui fait le fond du roman qu'on va lire devrait être commune dans les livres, car elle l'est dans la vie réelle. Cependant Benjamin Constant est, à ma connaissance, le seul auteur qui l'ait exploitée. Il le serait encore s'il n'avait pas dédaigné de répandre dans un genre frivole (il l'était de son temps) le talent dont il a donné de si belles preuves comme publiciste et comme

tribun. Adolphe, espèce de revers de la mé-
daille de Werther, est, comme Werther, une
méditation abstraite plutôt qu'un drame en
récit. Cette esquisse, signée d'un grand nom,
aurait encore pu produire un enseignement
moral immense si Benjamin Constant eût
laissé prendre la leçon au sérieux. Mais une
préface d'homme caustique a sapé l'œuvre
du moraliste. « Beaucoup de gens, y dit-il,
m'ont fait compliment sur la vérité de la situation retracée dans Adolphe comme ayant
éprouvé dans toute sa tristesse le malheur
d'être aimé sans aimer : ces braves gens
étaient moins malheureux qu'ils ne s'en flat-
taient. » Depuis, chaque lecteur d'Adolphe a
pu se placer dans l'exception prévue par la
charmante épigramme.

Pour moi, je le déclare d'avance ; si je
reçois des confidences de ce genre, je les
tiendrai pour vraies de toute la force de ma
foi : les femmes ne se servent pas de leur jugement aujourd'hui plus que jadis pour choi-

sir leurs amans, et jamais les hommes n'a-
vaient poussé si loin qu'aujourd'hui la fan-
faronnade de délicatesse. Le charlatanisme
est porté au point que chacun est tout le
premier la dupe de lui-même. Tous les
jeunes gens pressentent le danger de la situation d'Adolphe et de Calixte; tous les
hommes mûrs le connaissent, et pourtant
ceux-là s'y exposent; ceux-ci s'y résignent.
Si le mariage légitime arrive tard; s'il est
stérile de bonheur domestique et de fortune,
il le doit à ce mariage antérieur que le peuple appelle un attachement, le grand monde
une habitude, mariage sans nom et sans
vertu qui a épuisé le cœur d'amour, qui a
brisé le nerf de l'activité et de l'ambition en
substituant trop long-temps le culte du
plaisir et de l'imprévoyance à celui des devoirs d'homme et de citoyen. En France, où
plus qu'en aucun autre pays chacun est le
fils de ses œuvres, on trouve, plus que partout ailleurs, une foule de gens de mérite

dont la vie a été dérangée, la carrière man-
quée, pour avoir dépensé dans une liaison de
ce genre les plus belles années de la jeunesse.

La séparation, le divorce même ont été
invoqués comme remèdes à de moindres inconvéniens causés par une épouse légitime.
Dans la liaison dont il s'agit, on ne veut pas
exciper de la fragilité, de la non-officialité
des liens. Ce respect pour des engagemens
tout de for intérieur, est sans doute de la générosité : voyons.

Quand la lune de miel est passée, la lune
de reconnaissance passée, la lune d'enchan-
temens simulés passée, lune d'égards, lune
de diplomatie, une fois toutes ces lunes passées, l'homme rassasié demeure-t-il fidèle?
non. L'homme désillusionné dissimule-t-il ses
mécomptes, ses dégoûts? non. Son ancienne
idole reçoit encore d'avares et rares hommages au milieu d'un triste cortége d'ai-
greurs, de reproches, de malédictions et de
grincemens de dents. Assurément la généro-

sité n'est pas du côté de l'homme. Elle serait
de l'autre côté si la femme était convaincue
que tout le bonheur de l'homme gît dans la
possession d'une maîtresse; si elle ignorait
l'existence de ce monde auquel elle entend
son amant donner des regrets si fréquens, si
amers. Ici encore, j'en ai peur, la femme vit
sur sa vieille réputation de dévouement.

Un peu de courage et de raison mettrait
fin à cette réciprocité de fausse délicatesse.
L'expérience prouve surabondamment que
le principe de la rupture est admis ; le tout
serait de le pratiquer à temps. Quand on
tarde trop, l'homme commet un suicide pol-
tron ; la femme subit un empoisonnement
lent. Le remède violent ne serait un assassinat pour personne, même dans le cas où l'on
userait de la recette de Calixte. Le mariage
est alors une émancipation en même temps
qu'une réparation à la société offensée. Quant
à la rupture, l'homme ne la redoute que
pour la femme. Mais c'est ici surtout qu'il dé-

ploie une infatuation pour laquelle Benjamin
Constant aurait dû réserver ses sarcasmes..
Les veuves du Malabar sont des sauvages.
Dans les pays civilisés, les veuves légitimes
se contentent de prendre le deuil ; après le
deuil, si elles sont jeunes elles se remarient
ou prennent un Adolphe, ou bien elles commencent honorablement leur métier de vieille
femme. Les autres veuves font tout de même,
à cela près du deuil.

Si de rares exemples de désespoir peuvent
être cités, que cette perspective double les
forces de la conscience. Réfléchissons plus
mûrement avant de nous exposer à une liaí-
son qui commence par être coupable et peut
finir par la complicité d'un crime. Pour ceci
au moins, soyons disciples de Malthus : fer-
mons une bonne fois ce hideux hôpital de
l'amour par devoir. Les imprévoyans qui ne
compteront plus sur sa ressource, s'arrange-
ront pour s'en passer.

Que les femmes nous aident pour arriver

à cette réforme sociale. (L'invocation leur paraîtra singulière de la part de quelqu'un qui parle d'elles sans madrigal.) Qu'elles traitent tous mes frères comme elles m'ont traité moi-même, et comme je suis bien sûr, en tous cas, qu'elles me traiteront après m'avoir lu. Rien n'est plus aisé et plus moral que de nous désespérer. Cela fera refluer vers les amours honnêtes toute la verve et tout le bonheur que les hommes gaspillent vingt ans dans les autres amours. Si la génération actuelle des femmes mariées y perd quelque chose, leurs filles y gagneront des maris plus aimans et plus jeunes ; la France y gagnera une ressemblance avec les États-Unis pour la pureté des mœurs, en attendant les autres ressemblances qu'on nous promet.

Si nous demandons lequel des deux sexes a le plus contribué à nous éloigner de ce type de pureté, la réponse des femmes est connue : peut-être serons-nous obligés de faire la nôtre, car un auteur qui semble ne pas croire

la question jugée en dernier ressort, vient de
descendre dans l'arène avec un talent plein
de mission, et dans le but exprès de dénoncer nos scélératesses. L'indiscrétion de ses
amis affirme qu'une Clorinde est cachée sous
son armure d'homme ¹. Commençons par
convenir de la justice de ses griefs : chacun
voit mieux ce qui est hors de lui : nos sens
sont braqués vers le monde extérieur. L'auteur d'*Indiana* et de *Valentine* a vu et dé-
masqué les Raimond de Ramières. Mais en
vertu de la même loi, c'est à notre sexe qu'il
appartient d'apercevoir et de dénoncer les
Saint-Alban, les Rachel, et, qui plus est, les
Valentine, les Sakontala et les Indiana, indiennes ou non ! à nous qu'il appartient d'apprendre aux femmes que si leurs faiblesses
engendrent les amoureux hypocrites et
égoïstes comme Ramières, les faiblesses ne

---

¹ G. Sand, auteur d'*Indiana* et de *Valentine*, romans parvenus en peu de mois à leur 4ᵉ édition.

sont jamais complétement involontaires ;
mais qu'en revanche les amours dupes, les
positions déplorables comme celles d'Adolphe et de Calixte, sont l'œuvre d'un égoïsme
encore plus réfléchi et plus volontaire que
les faiblesses.

Je sens que tout ceci n'est pas galant et
pourra indigner les femmes libres ; mais je
suis Orientaliste, et non pas Saint-Simonien.
Cette déclaration était nécessaire après avoir
été chercher une femme en Asie. Si je l'ai
amenée de si loin, c'était d'abord pour ratta-
cher par un point ce livre à mes études favorites. Dans tous mes romans il me faudra
désormais au moins un personnage oriental ;
ce sera le cheval blanc de Wouvermans. Ensuite, comme j'avais la prétention d'intéresser
le lecteur à la femme presque autant qu'au
héros qu'elle aime, il m'a semblé que sous le
vernis d'éducation européenne il devait toujours rester à une femme élevée comme Sakontala une naïveté et une simplesse capables

de voiler, même à ses propres yeux, l'intérêt personnel. L'intelligence d'une femme d'Europe ne l'aurait voilé qu'aux yeux de son amant. Dès lors les torts de celui-ci auraient été plus excusables, et sa maîtresse nous eût inspiré moins de pitié. Avec le cœur expansif et l'esprit maladroit de l'indienne, Calixte est blessé plus souvent et plus fortement, et son amante trouve autant de commisération pour ses fautes que pour leur châtiment.

Alger, décembre 1832.

SAKONTALA

A PARIS.

INTRODUCTION.

Auguste au Lecteur.

Ami lecteur , malgré votre horreur pour les romans en lettres , et pour les lettres dans les romans , vous êtes prié de prendre connaissance des six lettres et trois billets qui suivent. Vous y trouverez plusieurs notions indispensables à l'intelligence du Journal de Calixte Saint-Tropez , et plus tard au récit de votre serviteur. J'imagine que vous ne serez pas fâché non plus d'y voir les preuves de la belle résistance faite par madame Sakontala, et de la délicatesse de son amant jusques et même après le moment de son bonheur.

Ami lecteur, salut et patience !

AUGUSTE ***,
Capitaine de hussards.

I.

Voilà près de deux mois que tu n'as reçu de mes nouvelles, mon cher Auguste. Depuis que les

tourmentes politiques m'ont obligé de fuir ma
malheureuse patrie, je ne m'étais pas encore rendu
coupable d'une si longue négligence. Notre amitié est trop ancienne, trop bien éprouvée, pour
que tu aies pu arguer de mon silence au désavantage de mon cœur. Point de nouvelles, bonnes
nouvelles, dit-on dans les ports de notre belle et
fanatique Provence; j'espère que tu auras raisonné
de même, et tu ne te seras pas trompé. Mon silence était un signe de bonheur, ou au moins le
signe de la diminution des soucis auxquels j'avais
été si long-temps en proie.

Au ton qui dominait dans mes lettres lorsque
je laissais à peine passer un courrier sans t'écrire,
tu as dû t'apercevoir que le malheur est ce qui
fait le plus souvent recourir aux épanchemens de
l'amitié. Alors j'éprouvais la double solitude de
l'isolement et de la terre étrangère. Les plaies récentes de ma patrie saignaient encore dans mon
cœur. Je ne pouvais prendre sur moi de me mêler
à une nation qui se glorifiait, trop justement; hélas! de lui avoir porté les coups les plus acharnés
et les plus terribles. Depuis, j'ai su, d'un gouver-

nement et d'un peuple, distinguer les individus. Le temps m'a démontré un axiome de philosophie que nous avions quelque peine à comprendre à l'école, qu'au dehors de nous c'était encore nous-mêmes que nous apercevions. A mesure que je dépouille mes préjugés contre les Anglais, je vois tomber dans la même proportion ceux dont je les avais crus armés contre mes compatriotes.

Je l'avoue, ce n'est pas à mes seules forces que je suis redevable de cette heureuse découverte. Ma volonté rebelle eût pris un secret plaisir à prolonger l'illusion; un autre que moi peut à juste titre en revendiquer l'honneur. Si cet artisan de consolation était un homme, ce n'eût pas été trop que de le chérir comme un frère! Mais comment le payer dignement? c'est un ange! c'est une femme!

Pour mieux m'expliquer l'influence qu'elle exerce depuis quelque temps sur ma destinée, je voudrais qu'il y eût dans nos premiers rapports quelque circonstance extraordinaire, quelque évènement romanesque. Le souvenir d'un danger

partagé, d'un service rendu, m'aiderait à comprendre une reconnaissance et un penchant qui
m'enchantent. Mais rien de plus simple que la
manière dont j'ai lié connaissance avec lady Graham. J'étais porteur de ce qu'on appelle une lettre
de recommandation.

Tu sais combien un pareil titre est insignifiant.
Arraché par l'importunité, ou imposé par un va-
niteux patronage, il est dignement reçu par une
politesse froide ou par des offres mensongères de
service. Ma lettre ne méritait guère d'autre accueil. Elle me venait d'un personnage qui disait
avoir connu lady Graham pendant le séjour qu'elle
fit en France avec ses parens à la paix d'Amiens.
Mais il avait estropié son nom de dame et ne savait guère plus exactement son nom de famille.
Lady Graham eut la bonté de trouver un côté
flatteur dans cette démarche légère. Elle parut
sensible même au souvenir d'un indifférent, et
m'assura qu'elle serait charmée de me rendre
une partie du bon accueil qu'elle avait reçu
dans mon pays. Je n'eus pas renouvelé deux
fois ma visite, que je reconnus en elle deux

fortes garanties de la sincérité de ses offres.

C'était en quittant la France, où elle était venue compléter son éducation , que lady Graham , alors miss Jenny Sakontala Johnson , s'était embarquée pour retourner à Benarès, son pays natal. Elle était à peine de retour de l'Inde depuis un mois , lorsque je me présentai chez elle , et deux voyageurs trouvent toujours un secret plaisir à parler d'un pays où tous deux ont connu le bonheur. Une autre parité dans nos fortunes devait promptement augmenter notre sympathie. C'était par la tempête que nous étions réunis : Français et malheureux était synonyme à cette époque et dans ce pays. Mais je fus presque honteux de m'être plaint de mon sort quand j'eus appris les évènemens qui lui avaient fait quitter sa terre natale.

Comblée de tous les dons de la fortune, fille heureuse, épouse adorée, lady Graham s'était vue en quelques jours privée de son père et de son époux. Le premier, colonel d'un régiment au service de la Compagnie des Indes , avait péri dans une embûche tendue par des indigènes révoltés :

le mari, pourvu d'une place éminente dans l'ordre civil, avait succombé en vingt-quatre heures
à une maladie qui fait des ravages aussi prompts
et aussi étendus sur les bords du Gange que la
peste sur les rives du Nil.

Pendant plus d'un an elle avait inutilement
cherché, non pas à oublier sa douleur, mais à se
réconcilier avec le pays où elle en avait été frappée. La société des parens de son mari et de son
père lui eût offert des distractions; elles répu-
gnaient à son âme contrite. Un ancien penchant
l'attirait vers d'autres parens qu'elle avait parmi
les Indiens. Ceux-là lui parlaient de ses pertes
récentes, pleuraient avec elle; mais ils mention-
naient sa mère morte depuis plusieurs années; ils
vantaient la noblesse de son sang brahminique, sa
tendresse pour ses enfans, et surtout pour sa fille,
qui était tout son portrait. Cette ancienne afflic-
tion en ajoutant à la nouvelle, la rendait in-
tolérable. La solitude n'avait pas plus de pouvoir
pour l'adoucir. Et cependant lady Graham habi-
tait un pays où tout semblait en harmonie avec
sa destinée; un pays où des rochers sauvages, des

précipices, un désert, se trouvent à côté des plus
riantes vallées, comme un rêve de félicité s'était
rencontré dans sa vie parmi des scènes de désolation. Le temps lui-même semblait avoir perdu
sa puissance; déjà il avait accompli une révolution longue pour les douleurs communes! Rien
ne put décider l'orpheline, la veuve, à demeurer
dans sa patrie. Un vaiss au la transporta à Londres, où se trouvait sa d. ière mais sa plus sûre
ressource, une fille unique qu'elle y avait en-
voyée depuis six ans pour y recevoir une éducation européenne.

Mon cher ami, je ne saurais te peindre avec
quel touchant naturel elle m'a raconté tous ces
détails. Quand elle décrivait ses années de bonheur, sa physionomie était si douce, si pure; sa
joie si naïve, et puis sa douleur était si vraie, si
attachante! Que t'en semble, mon cher Auguste?
On peut se réjouir avec les indifférens; mais il
faut aimer quelqu'un pour s'affliger avec lui! En
vérité, je suis fier d'avoir ir ipiré une confiance
si prompte, si complète! Juge si j'ai dû rien épargner, égards, attentions, assiduités, réciprocité

de confidence, pour lui prouver que j'en étais
digne!...

II.

Londres.

Avec la tranquillité sont revenues les habitudes
de la jeunesse. Morose, j'aurais été rigoriste; con-
tent du présent et confiant dans l'avenir, je me
sens assailli par des bouffées de cette malice et de
cette légèreté que nos mœurs encouragent dans
le caractère d'un homme bien élevé. Avec le
respect que m'a inspiré la bienveillance de lady
Graham, avec la pitié que je n'ai pu refuser à ses
malheurs, je me surprends quelquefois à soupçonner de la coquetterie jusque dans la bonhomie de
la vertu; je suis avantageux au point de mesurer
la résistance qu'elle opposerait à des plans de
séduction.

Ce n'est jamais en sa présence que je me laisse
aller à ces injurieuses pensées, à ce délire d'a-
mour-propre. Mais dans les rares instans que je
donne à la société des autres femmes, les artifices
du plus grand nombre me font suspecter le sexe

en général. Dans la causerie de quelques Anglais
que je fréquente, dans l'intimité de mes compa-
gnons d'exil, l'insouciance cynique des céliba-
taires est peu accoutumée à mettre en ligne de
compte la pudeur, la réserve et la bonne foi, res-
pectables garanties du bonheur des familles. Enfin,
à ces momens de solitude, encore plus dangereux
parce qu'ils reviennent plus souvent et qu'on ne
veut ni ne peut les éviter; le soir, avant que le
sommeil ait succédé à la veille, le matin, quand
la veille est prête à succéder au sommeil, l'imagination et la volupté, conduites par la paresse,
profitent de la torpeur de la raison pour nous
montrer, dans une enchanteresse et prochaine
perspective, l'accomplissement des désirs qu'elles
ont allumés.

Maître de moi-même, je rougis et je sens s'augmenter le besoin de revoir mon amie, plus encore
pour expier un égarement passager que pour
jouir de sa présence. Je cours chez elle, palpitant
de crainte et d'espoir. Je la trouve toujours dans
quelque occupation qui me donne de nouvelles
preuves de la bonté, de la pureté de son âme.

Elle rougit quand je la surprends écoutant le récit des peines d'un indigent qu'elle vient d'assister. Elle laisse éclater une naïve fierté en me montrant des paquets de lettres qui lui arrivent des quatre coins de la terre, et auxquelles elle s'empresse de répondre. Amie dévouée, correspondante fidèle, elle a partout trouvé des amis dignes de son cœur.

Il est rare que je finisse ma visite sans me récrier sur la beauté du temps et de la saison, et lady Graham me propose de sortir pour en profiter. Elle a peu d'occupations; entre toutes les miennes, la principale peut, à la rigueur, être de rechercher sa société; Dieu sait si nos promenades sont fréquentes et longues!

Nous aurions peu de chemin à faire pour sortir de la ville, car l'hôtel que lady Graham occupe est voisin des barrières; mais au printemps, les rues de Londres méritent d'être prises quelquefois pour but de promenade. Leurs boutiques propres et brillantes charment l'œil et piquent la curiosité. Dans les quartiers où les boutiques sont plus rares, des murailles bombées, souvenir dé-

généré des tourelles féodales, signalent un hôtel
somptueux. Ce n'est pourtant que le pied-à-terre
d'un grand seigneur faisant sa principale résidence
à la campagne. Ses balcons sont chargés des plus
belles fleurs indigènes, auxquelles le luxe a mêlé
les fleurs exotiques les plus rares et les plus chè-
res ; devant les portes sont des nuées de valets en
livrées de mille couleurs; et, au milieu de cette
espèce nouvelle d'arc-en-ciel, des coursiers rapides, de brillans équipages et des phaétons aussi
hardis et plus habiles que leur premier modèle.
Vers les deux heures de l'après-midi, tout cela
donne aux rues de cette capitale un air de vie et
de fête; c'est alors qu'il est de bon ton d'arpenter
les dalles polies des trottoirs.   •

Mais le tumulte ne peut long-temps plaire à
gens qui ont surtout à s'entretenir d'eux-mêmes,
et le plus souvent c'est vers les parcs et les jardins publics que nous tournons nos pas. Le plaisir le plus innocent en est plus doux quand il est
goûté sans témoins.

Il y a quelques mois, j'avais à peine donné un
regard à ces immenses jardins qui sont aux portes

de Londres. C'est au milieu de quelques jardins
anglais des environs de Paris que j'ai senti autrefois des velléités d'anglomanie; j'avais droit de
craindre une séduction complète en visitant ceux
du pays qui a donné son nom au genre. Les parcs
publics de Londres, sans être aussi soignés et en-
jolivés que ceux des riches particuliers, n'en pos-
sèdent que mieux l'avantage qui fera partout adopter la méthode anglaise de les planter, le naturel.
D'ailleurs, les minuties de l'art eussent été perdues
dans leur immense étendue. On peut les parcourir dans tous les sens; on y fait des lieues de marche sans en rencontrer la fin. Encore même la
vue d'une limite, d'un mur de clôture n'attristerait
point l'œil : dans ce vaste fragment de campagne,
cela ferait accident, comme une rivière, comme
une colline, un bois, un troupeau de chevreuils.

On dit pourtant que le cordeau de Lenôtre
présida à la plantation du plus ancien et du plus
touffu de ces jardins. Si on voulut alors servile-
ment copier la symétrie des jardins du grand roi,
le plan primitif n'a pas été respecté jusqu'à ce
jour. *Kensington-Garden* est perdu au milieu

d'*Hyde-Park*, comme un vieux palais au milieu d'une vaste cité. Des vaches paissent paisiblement dans les allées, qui furent jadis sablées et parsemées de statues de marbre ; les rameaux de l'aristocratique tilleul accusent la paresse du ciseau en rompant l'alignement des allées, et le marronier d'Inde a jeté çà et là des branches vigoureuses qui troublent la pompe monotone des cirques de verdure autrefois arrondis devant le château.

Au milieu de cette apparente négligence, de ce laisser-aller qui double le prix des beautés de la nature, ce même jardin offre de nombreuses traces de l'intervention de l'art. On les pardonne (et, s'il survient une ondée de pluie, on les bénit) ; elles procèdent de cette éternelle sollicitude qu'on a en Angleterre pour toutes les commodités de la vie. Dans nos pays on a pu laisser en plein air les bancs offerts au promeneur fatigué. Dans un climat où, même pendant la belle saison, le vent et la pluie sont à craindre, on a abrité les bancs sous une large guérite de bois peint en coutil de tente. Cet abri s'appelle *alcôve* en anglais.

Que de fois ce nom nous a fait rougir et sou-

rire, lorsque, tête à tête dans ce mystérieux réduit, et peut-être seuls dans le parc, nous parlons une langue dans laquelle alcôve est synonyme
de temple d'amour. Lady Graham commence en
anglais une autre conversation, comme pour me
rappeler à l'ordre. Depuis que, grâce à ses soins, je
parle l'anglais couramment, il est devenu entre
nous une espèce de langage diplomatique ; mais,
par une supercherie qui commence déjà à s'user,
j'y commets des fautes dont la correction puisse
amener des applications personnelles. Amour et
amitié correspondent en français à un seul et
même verbe: l'anglais est plus riche et plus précis ; il en a deux bien distincts pour ces deux
sentimens. Hier j'affectai de les employer à con-
tre-sens pour avoir occasion de demander lequel
convenait au sentiment que nous éprouvions l'un
pour l'autre. Dans la réponse de lady Graham, la
chaleur et l'innocence de son âme confondirent
les subterfuges de ma vanité. « Hélas, dit-elle,
on a tant abusé de la langue du sentiment, que la
France n'est pas le seul pays où les amis se réfu-
gient dans le dictionnaire des amans. L'amitié

avec son désintéressement et sa simplicité ne serait plus que de l'indifférence. J'y consens, échan-
geons *to like* et *to love :* déjà je les mérite de votre
part l'un et l'autre, je m'en servirai avec plaisir
pour exprimer le bien que je vous veux, l'intérêt
que je vous porte ; mais, croyez-moi, *je vous aime*
est encore la seule traduction qu'ils doivent avoir
en français ! »

Adorable professeur! Elle a mille fois raison :
mais ne se trompe-t-elle pas? ne se ment-elle pas
à elle-même? je voudrais le croire , je ne le puis :
si elle m'aimait d'amour, ne songerait-elle pas un
peu plus au mystère? ne s'inquièterait-elle pas un
peu de la publicité de notre commerce? Elle ne
parlerait de moi qu'à moi seul; elle me parlerait
un peu moins des autres. Mais non, il a fallu
me laisser présenter à la plupart des parens
qu'elle a ici, et hier elle m'a fait promettre de
l'accompagner à la pension de sa fille.

III.

Londres.

Nous sommes allés ce matin à Hampstead, petit

village situé sur une colline à trois milles de Londres. La voiture dans laquelle nous avons fait route
était un magnifique landau. Six chevaux, deux
postillons vêtus de riches livrées, sans compter le
laquais obligé qui montait derrière, tu trouveras
que c'est un grand appareil pour aller à si peu de
distance faire visite à une pensionnaire ; c'est bien
du faste pour une mère de famille qui n'est point
millionnaire. Que veux-tu ? ce n'est pas la faute
de la bonne lady Graham ; elle avait simplement
demandé un remise, mais les maîtres d'hôtel savent rançonner le laisser-aller indien aussi bien
que l'ostentation britannique.

Après nous être un moment reposés dans un
parloir, une domestique est venue chercher my-
lady pour l'introduire dans le cabinet de la maîtresse de pension. Mon sexe et ma qualité d'étranger ne me permettaient pas de l'y suivre ; j'ai em-
ployé les instans de ma solitude à faire connaissance avec la maison. La pièce où je me trouve
a pour meubles une table ronde et quelques chaises de crin ; pour ornemens des aquarelles et des
cartes géographiques dessinées sans doute par les

élèves les plus avancées dans leurs études. Plusieurs ouvertures sur la façade principale me laissent voir à l'horizon l'éternelle enveloppe de
brouillard et de fumée dans laquelle les tours de
Westminster, le dôme de Saint-Paul et les mille
clochers des églises secondaires de Londres n'ap-
paraissent que comme des accidens fortuits de la
vapeur. L'intervalle, jusqu'aux premières maisons
du village, est rempli par des champs de céréales.
Les grands arbres qui marquent les routes mêlent
quelques sillons de vert sombre à la claire et uniforme verdure de la plaine. La maison où je suis
est une des plus jolies dans un village où toutes le
sont ; elle a un jardin où les arbres à fruit sont
utilement mêlés aux plantes et aux arbustes à
fleurs. A sa droite j'aperçois un édifice que j'ai
pris d'abord pour le vide-bouteille de quelque
boutiquier de la Cité, tant il est mignon et pro-
pret, tant est bien entretenu le boulingrin qui
l'entoure ; mais une croix encastrée dans un fron-
ton grec, et une façade ayant pour toute ouver-
ture un portail et deux fenêtres cintrées, m'obli-
gent à saluer une chapelle, et maintenant je re-

connais çà et là quelques pierres tumulaires
relevant leurs faces grises sous l'émeraude du
gazon.

Cette singulière erreur m'a causé quelque dépit :
ne trouves-tu pas qu'une nation grave et religieuse méconnaît les convenances, en laissant
ainsi défigurer des objets pour lesquels elle pro-
fesse tant de respect? peut-être notre révolution
en reléguant les cimetières hors de l'enceinte des
villes, a-t-elle servi la morale autant que la salu-
brité publique. Tout ce qui parle au cœur se dés-
enchante en se prodiguant. Rarement aperçus,
les tombeaux produiront toujours leur effet solennel et mélancolique : mais le citadin, la tête pleine
d'affaires, n'en interrompra pas le calcul au
milieu d'un cimetière qui sert de chemin de traverse dans les quartiers les plus populeux de Londres, et ici les enfans se livrent à la gaieté et aux
amusemens de leur âge en face d'un cimetière
dont l'herbe est broutée par les vaches du ministre.

Je fus tiré de ces réflexions par un bruit qui se
fit entendre dans une pièce voisine du parloir.

A quelques préludes exécutés sur un grand piano anglais, je crus reconnaître la main exercée d'une maîtresse de musique. Ce doute fut converti en certitude, car j'entendis un instant après commencer une leçon de chant. L'écolière était encore peu avancée, elle ne faisait que des gammes, mais sa voix avait des charmes indépendans de l'art musical. Sans être assez ferme pour appartenir à une adolescente, elle avait un timbre suave et vibrant qui semblait trahir l'expérience des émotions du cœur. Les changemens d'intonation étaient lents et rares; mais cette uniformité n'avait rien de fatigant, elle était soutenue par de larges accords où une broderie était jetée à la dérobée. Peu à peu elle me causa une rêverie, comme je me rappelle d'en avoir éprouvé quelquefois en me trouvant seul, le soir, dans une église dont on accordait l'orgue. Tu ne saurais croire quel charme bizarre il y a dans les accens monotones d'un tuyau d'airain gémissant dans une solitude vaste et sombre, jusqu'à ce qu'un arpège capricieux ait annoncé le passage à une autre note du clavier.

La leçon fut interrompue par une conversation
mêlée d'embrassemens et d'exclamations, au milieu desquelles je reconnus la voix de lady Graham.
Quoi! la jeune musicienne serait... La porte s'ou-
vrit, et lady Graham parut comme pour achever
ma phrase. Voici ma fille, s'écria-t-elle avec l'air de
la plus vive, de la plus pure satisfaction qu'ait
jamais inspirée la tendresse maternelle. Elle m'a-
vait pris la main pour y placer celle d'une jeune
personne charmante; et moi, cherchant l'enfant
de treize ans sous les formes précoces d'une fille
de Benarès, et sous les traits d'une beauté presque
sévère, j'étais distrait et interdit. Je ne savais ni
débiter un lieu commun de politesse à la fille, ni faire
compliment à sa mère; j'oubliais presque de répondre à la révérence cérémonieuse que la maîtresse de pension me faisait après avoir entendu
décliner mon nom.

—Mistress Strafford veut bien permettre à ma
fille de venir dîner avec moi, reprit lady Graham;
nous allons l'emmener à la ville. Tout devait être
extraordinaire dans cette enfant. Quitter sa pension
pour aller dîner avec sa mère ne parut lui causer

ni peine ni plaisir; elle ne sourit pas une fois de
plus; elle n'en descendit pas plus vite les marches
de l'escalier. Mais quand le sable de la route a
grincé sous les pieds des chevaux, quand les premiers balancemens du landau ont commodément
installé chacun de nous à sa place, tu juges bien
que j'ai cherché à recueillir les impressions que
je venais de recevoir, et que, l'objet principal
sous les yeux, j'ai dû me demander compte du
profond et singulier ébranlement qu'elles m'a-
vaient causé.

La jeune miss s'appelle Rachel. Les Anglais
aiment les noms bibliques, jamais le hasard n'a
fait faire une si juste application d'un nom. C'est
bien réellement sous les traits de cet enfant que
l'on peut se figurer une jeune beauté de la Méso-
potamie. Tu as lu la description de cette figure
dans tous les contes orientaux ; un véritable œil
de gazelle, noir, bien fendu, peut-être un peu
myope ; mais ce défaut lui donne un charme de
plus, car le regard perdu est doux et mélancolique. Des lèvres un peu fortes et ne s'écartant
que rarement pour laisser voir une double rangée

de dents aussi blanches et aussi fraîches que des
grêlons; l'aile du nez arrêtée à temps pour ne
pas trop fermer la narine; le nez droit et effilé,
est presque de niveau avec la ligne du front, qui
est assez avancé pour enchâsser un peu l'œil. Le
sourcil prononcé avec un peu de dureté est ar-
qué à l'asiatique ; le teint est sans incarnat, et s'il
faut absolument le caractériser par la comparaison classique à une liliacée, il rappelle plutôt
la jonquille que le lis. C'est à peu près la figure
de la mère avec un pas de plus vers le type
grec.

Je crains d'être long-temps encore avant de te
donner des détails aussi précis sur le cœur et l'esprit de Rachel. Non pas que, incorrigible Lavater, je
n'aie déjà cédé à la manie de juger cette figure. Tu
me permettras de garder ce jugement pour moi
seul. Cela m'épargnera des rétractations et des com-
mentaires sans nombre pour mes prochaines lettres. Cependant, je ne te cacherai pas une chose
dont je me crois bien sûr. L'esprit de cette pensionnaire m'a semblé aussi précoce que son corps.
Rachel parle très peu ; mais elle donne aussi bonne

opinion d'elle-même par son silence que par les
paroles qu'elle profère. Ce n'est ni taciturnité de
son âge, ni embarras devant un étranger. Tout ce
qu'elle a dit était à propos; mais la pantomime était
encore plus expressive. J'ai vu l'instinct profond
d'une femme se peindre dans tous ses traits, dans
tous ses gestes; habituellement calme et sérieuse,
elle sait pourtant éloigner ou appeler par un regard, écouter par un coup d'œil, donner par un
sourire du prix au mot le plus insignifiant...

IV.

Londres.

Décidément, mon cher Auguste, je deviens
un homme tout nouveau. Le désir de multiplier
les occasions de me trouver avec lady Graham
m'a fait prendre goût à étudier le pays qu'elle habite. Au commencement, je me laissais entraîner;
maintenant, c'est moi qui suis à l'affût de tout ce
qui peut piquer sa curiosité et la mienne. Les
théâtres ne donnent pas une pièce nouvelle, on
ne lance pas une barque dans la Tamise, il n'ar-

rive pas un bâtiment de la Compagnie, que nous n'allions les voir. Il n'y a pas à trente milles à la ronde une revue de troupes ou une course de chevaux, que je ne m'arrange pour en être spectateur avec milady.

Je t'entends d'ici te récriant sur mon insouciance passée ! Tu te récrierais, à plus forte raison, sur ma mauvaise vue et sur mon esprit distrait, si tu me voyais rivaliser avec les élégans et les *grooms* les plus accomplis pour manœuvrer ces chars légers dans lesquels je ne m'étais jamais risqué en France sans quelque mésaventure.

Toutes les fois que quelque fête appelle au loin la curiosité des habitans de Londres, les voitures de remise sont fort rares, et nous avons un peu de répugnance pour les voitures publiques. Il ne reste que la ressource des tilburys pour parcourir trente ou quarante milles en trois heures. Des routes plus étroites que nos chemins vicinaux ; et dans la belle saison couvertes de poussière à ne pas voir à quatre pas devant soi ; des cavaliers, des *stages*, des équipages sans nombre, passant, venant, se croisant à chaque instant ; et leurs

chevaux n'allant jamais moins vite que le grand
trot, je te laisse à penser quels battemens de
cœur me saisirent quand je reçus mes premières leçons. Cette agitation se convertissait en terreur quand je songeais à la confiance dont lady
Graham s'obstinait à m'honorer. C'est là pourtant
ce qui m'a fait faire les plus rapides progrès. Il
fallait voir avec quelle fierté j'ai tenu les rênes, la
première fois que j'ai senti ma belle compagne de
voyage assise à mes côtés. Mon fouet eût été une
baguette magique, tous les obstacles n'auraient
pas plus vite disparu devant elle. Enfin, je me
suis aperçu que si un danger personnel cause de
l'embarras, la sollicitude qui doit protéger un objet aimé augmente la hardiesse et la présence
d'esprit.

Je ne sais si la négligence épistolaire peut excuser l'insertion d'une profession de foi religieuse
à la suite des futilités que je viens de te conter.
A tout hasard, j'en veux braver la honte; il faut
que je te confie un autre changement qui s'est
opéré en moi.

Formée des débris révolutionnaires, l'école où

nous avons été élevés appartenait par ses doctrines à la philosophie du siècle dernier. La rigueur
du régime impérial les avait voilées d'une apparence de discipline religieuse. Je dis apparence,
car tu te souviens que cette discipline n'était
obligatoire que pour les enfans. Les élèves des
classes supérieures avaient le privilége d'être esprits forts. Ils se dispensaient d'aller à confesse,
et dans leurs compositions françaises ou latines,
en prose ou en vers, les tirades sur l'intolérance
religieuse, les déclamations contre les prêtres,
éternels et officiels trompeurs des peuples, étaient
des lieux communs obligés et sûrs d'obtenir les
éloges des maîtres. Ce qu'il y a de plus singulier,
c'est que ceux-ci étaient, pour la plupart, des
abbés défroqués ou mariés. Au sortir des bancs,
j'eus à peine besoin de lire Voltaire pour n'être
plus chrétien : quelques années après, l'étude des
sciences naturelles menée de front avec la lecture
de d'Holbach et de Diderot reculèrent encore les
bornes de mon scepticisme. Je n'avais pas attendu jusqu'alors pour adopter sur l'inutilité de
la prière les opinions d'Abailard et d'Héloïse

reproduites depuis par Julie et Saint-Preux.

Toutes ces idées étaient loin d'être systémati-
sées dans mon esprit; elles s'y étaient introduites
graduellement et presque à mon insu. La religion
ne peut être une affaire sérieuse pour un ado-
lescent qui ne vit pas dans un temps de persécu-
tion religieuse. Je n'avais pas échappé au malheur
de la légèreté, je n'évitai pas davantage celui
du spectacle du fanatisme; j'accomplissais ma
vingt-quatrième année quand la première restauration me fit passer du tumulte des camps
dans la vie privée d'une ville de province.

Plût à Dieu que j'eusse appartenu par mon
culte au parti persécuté! ma croyance se serait
retrempée au zèle de ma propre défense, de la défense de mes frères. Le doute m'eût fait honte quand
la foi m'exposait au danger. Peut-être ce fut ce côté
brillant autant que la conformité d'opinions politiques qu'aperçurent quelques individus qui, à
cette époque, abandonnèrent publiquement le
catholicisme pour se faire protestans. Je n'eus pas
un seul instant la tentation de les imiter. Je voyais
la France mise en convulsion par une question

sociale de liberté ou de pouvoir absolu. La que-
relle religieuse n'était évidemment qu'un auxi-
liaire de l'oppression ou de la résistance politique. Tenant avant, et par-dessus tout, à la
solution de la question préalable, je ne voyais rien
à diminuer sur l'indifférence que j'avais conçue
pour le christianisme en général, mais en même
temps je la sentais poussée jusqu'à l'éloignement
pour le culte qui opprimait au nom de sa pureté
primitive. Auparavant je fréquentais peu les
églises : maintenant que ma religion était devenue
tyrannique, j'aurais rougi d'aller m'y mêler aux
poltrons, aux fourbes et aux fanatiques dont elles
étaient remplies. Grâce à la démence de mes compatriotes, il y eut quelques momens où ce singulier genre d'opposition exigea presque du courage.

Mais depuis quelques mois, au dédain systéma-
tique, à l'aigre mépris, à la raillerie, ont succédé
le scrupule, le recueillement, le respect! A part
le malheur d'une erreur, je sens que j'ai perdu de
nombreuses et pures jouissances. Je trouve dans
la célébration du service divin quelque chose de
touchant et de poétique, qui agite et ravit mon

âme! elle éprouve un contentement intérieur alors même que ma raison n'est pas satisfaite.

Si tu te réjouis de mon retour au christianisme, tu t'alarmeras peut-être pour la pureté de la foi de mes pères en songeant que j'habite un pays luthérien. Peut-être me soupçonneras-tu d'avoir moins obéi à ma conviction, qu'à la secrète influence de la femme que j'aime; tu m'appliqueras ce proverbe où le sage roi signale un danger d'apostasie, duquel sa sagesse ne le préserva pas, et que Dieu punit sur sa postérité. « La bouche d'une femme étrangère est comme un rayon de miel, et ses paroles coulent subtiles comme l'huile. » Je ne repousserai certainement pas la comparaison pour lady Graham; mais je me hâte de t'assurer que, loin d'avoir l'ambition de convertir, sa tolérance respecte toute religion; loin de prétendre en imposer une, son âme tendre comprendrait à peine qu'il existât un être assez malheureux pour n'en pas avoir. Voici tout simplement comme les choses se sont passées.

Décidé à profiter de toutes les occasions de

l'accompagner; je suis allé avec elle au service
anglican auquel elle assiste régulièrement tous
les dimanches et jours de fête. Ce service est
long et suivi par tous les assistans avec une attention qui isole chacun de ses voisins. Seul, dans
une chapelle, je voulus d'abord metttre mon
temps à profit et prendre une leçon d'anglais en
écoutant les prières et les sermons. A mon agréa-
ble surprise, je comprenais à merveille, et bientôt je trouvai une nourriture précieuse pour mon
cœur où je ne cherchais qu'un passe-temps pour
mon esprit. Ce n'est pas que les sermons, simples
dissertations de morale et de dogme, dépourvues
du mouvement et de la passion que nos prédica-
teurs prodiguent dans les leurs, ce n'est pas, dis-
je, que ces sermons m'aient souvent offert des
argumens nouveaux ou plus décisifs que ceux que
je me rappelais d'avoir vu combattre par les phi-
losophes. Mais la liturgie anglaise a abandonné un
idiome inconnu aux trois quarts de l'auditoire
pour une langue comprise par tout le monde sans
distinction de rang, une langue qui, n'ayant subi
aucune altération depuis la réforme, reproduit

admirablement la physionomie antique et la sublime simplicité des livres saints....

V.

Londres.

Tu sais à quel point miss Rachel piqua ma curiosité : la seconde fois que je la vis faillit de
renverser toutes les idées que je m'en étais
formées à la première. Elle eut autant d'abandon
et de vivacité qu'elle avait d'abord montré de réserve et de froideur. A toutes les épreuves sui-
vantes son caractère a déroulé à mes yeux de
nouvelles couleurs. J'oserai presque dire que le
nombre, la qualité des personnes qui se trouvaient
à sa pension ou chez sa mère en même temps que
moi, en un mot les circonstances les plus minutieuses ont exercé une influence marquée. Il faudrait long-temps observer un pareil Protée pour
avancer dans sa connaissance ; les occasions se
sont multipliées dans la dernière quinzaine. J'en
aurais mieux profité si la conduite de lady Gra-

ham vis-à-vis de moi ne m'eût donné de con-
tinuelles distractions.

Il y a près d'un mois que, rapprochant mes
visites de plus en plus, j'en étais venu à les renouveler tous les jours. Lady Graham ne s'en
était pas aperçue sans doute, car elle ne manquait jamais, au moment où je prenais congé, de
me saluer d'un : Quand vous reverra-t-on ? — Demain, lui répondais-je en lui serrant la main à
l'anglaise quand je ne la baisais pas à la mode de
Paris. « *That's right make the most of me*, ajou-
tait-elle avec une naïveté qui ne se peut traduire;
au lieu d'une seule sortie par semaine, vous avez
vu que ma fille a obtenu la permission de venir
dîner avec moi tous les deux jours ; et pourtant
ses absences me paraissent chaque fois plus longues. Il faut que l'assiduité de mes amis m'en
dédommage. »

Un jour, elle me renouvela son adieu ordinaire : Quand vous reverra-t-on ? Et moi de
m'écrier moitié dépit, moitié enthousiasme :
« A-t-on jamais vu demander au soleil couchant
s'il se relèvera encore ? — Le cours du soleil est

immuable! mais qui peut se flatter de le saluer
tous les jours? Ne vient-il pas d'ailleurs une saison où sa lumière et sa chaleur ne sont plus
sans danger? »

C'était la première fois que j'entendais lady
Graham voiler sa pensée des poétiques allégories
de sa terre natale. Un effort qu'elle fit pour sourire en me quittant brusquement, et qui ne m'empêcha pas de voir rouler une larme dans son œil,
convertit en inquiétude l'étonnement où m'avaient
jeté ses dernières paroles.

Le lendemain je courus à son hôtel à une
heure où d'ordinaire elle était à peine levée. En
approchant, mes yeux se fixèrent sur une chaise
de poste qui partait au grand trot. Une tête que
je crus appartenir à un homme parce qu'elle était
coiffée d'un chapeau rond de castor, parut un
moment à la portière. L'inconnu se renferma
promptement après avoir poussé un cri et agité la
main. Je regardai autour de moi, il y avait beaucoup de monde dans la rue, je pensai que ce cri et
cet adieu s'adressaient à quelqu'un de mes voisins,
et je frappai à la porte de l'hôtel.

—Qui demandez-vous?—Lady Graham.—Elle est sortie. — Vous voulez dire qu'elle n'est pas chez elle. — Elle vient de partir; vous avez dû rencontrer sa voiture.

Je m'élançai pour courir après. Le concierge me rappela : « Je crois vous reconnaître; cette lettre n'est-elle pas pour vous? J'allais la mettre à la petite poste. »

J'étais bouleversé, mais la délicatesse me faisait un devoir de cacher mon trouble à l'essaim malicieux et rusé des gens d'un hôtel où j'avais fait de si fréquentes visites. *Piccadilly* est coupé par tant de rues et de traverses, que la trace de la chaise était irrévocablement perdue avant que je fusse sorti. Triste et unique ressource, la lettre me restait. Mais je redoutais autant que je désirais d'en connaître le contenu. Incapable de soutenir en public de nouveaux assauts, je courus m'enfermer chez moi pour la lire.

Quatre pages d'un perpétuel commentaire sur les derniers mots que j'avais entendu prononcer à lady Graham. Des affaires de famille l'appelaient en Écosse; sa présence y était indispensable. Elle

ne m'en avait point parlé de peur que je voulusse l'y accompagner. Elle exigeait que je ne
fisse aucune tentative pour l'y joindre ; et pour
être sûre de mon obéissance sur ce point, elle ne
me disait pas dans quel lieu elle devait s'arrêter.
Cependant elle promettait de m'écrire huit jours
après son arrivée , pour m'apprendre ce secret et
me donner la facilité de lui répondre. Elle ajou-
tait en finissant : « Autant je tiens à ce que vous
ne soyez plus près de moi , autant je tiens à ce
que nous correspondions régulièrement ensemble.
Vous êtes, vous serez toujours mon ami ; actions,
paroles, pensées, contez-moi tout, je veux tout savoir. Près de vous j'avais moins de curiosité ; je
me défiais de moi, je commençais à vous craindre ;
à distance je serai plus rassurée sur l'un et sur
l'autre ; nous nous épurerons mutuellement , et
quelque jour nous bénirons les salutaires effets
de l'absence.

VI.

Londres.

Cette chère amie n'a donc jamais lu notre grand

moraliste, puisqu'elle a mis tant de confiance dans le remède auquel elle a recouru.

Je souris maintenant de son innocence; mais je souris d'attendrissement plus encore que de fatuité. Associé à l'épreuve à laquelle elle s'est soumise, mon cœur en a senti les mêmes résultats.

Ces paroles qu'elle ne croyait plus redoutables quand elles seraient écrites, ces confidences, ces aveux qu'elle comptait voir neutraliser par l'éloignement, ont pris tout-à-coup dans la correspondance un caractère qu'ils n'avaient jamais eu dans la conversation. Mon amie ne s'en défiait guère dans la lettre que je trouvai à son hôtel. Arrivée à Glasgow, et m'écrivant au bout de dix jours, elle dut croire à l'infaillibilité de l'absence, car le secret de son cœur s'épancha avec encore plus de liberté. C'est en recevant ma réponse qu'elle s'est enfin aperçue de son mécompte.

Elle m'a plaint en lisant les reproches que je lui adressais sur son brusque départ; elle a été effrayée de la véhémence que l'isolement avait donnée à ma passion. Il a bien fallu qu'elle me pardonnât protestations, menaces, exigences, en se rappelant le ton d'autorité qu'elle avait pris avec moi.

Entre nous, la parole avait rarement produit des effets aussi profonds. Des phrases dont un coup d'œil, un sourcillement de l'interlocuteur peuvent changer la signification avant qu'elles soient achevées; des mots à double entente; une sentence que l'on peut rétracter en l'expliquant; une profession de foi faite au sérieux et démentie le moment d'après par le sourire ou l'ironie, tout cela peut-il laisser autre chose que des impressions fugaces ou le doute? Au contraire, ce qui est écrit est écrit, et n'a que la valeur qu'on a voulu lui donner; mais aussi toute sa valeur; lu cent fois, cent fois, et impassiblement, il redit la même chose.

Lady Graham a bien été obligée de comprendre que, lues par mes yeux, ses lettres n'avaient pas un caractère moins officiel que les réponses qu'elle avait reçues de moi. Que faire quand le témoignage de ses sens, quand ses souvenirs et la réflexion déchiraient à l'envi le bandeau! quand

elle découvrait quelles profondes racines l'amour
avait jetées dans nos cœurs?

Le remède dont elle venait de constater l'impuissance se présentait naturellement comme palliatif. Elle voulut ajouter à sa vertu en rendant
notre séparation plus complète. Elle me conjura
de ne plus lui écrire, m'assurant que, de son
côté, elle était décidée à en faire autant. Mais les
forces commençaient à nous manquer pour soutenir un si pénible combat. Un moyen de le terminer à notre commun avantage s'offrit à mon
esprit; je l'accueillis comme une inspiration du
ciel.

Abandonné à son cours, notre amour offense-
rait bientôt et notre conscience et la société;
quoi de plus simple que de mettre pour nous et
la société et notre conscience? Ne sommes-nous
pas libres tous les deux? Quoi de plus doux que
de convertir en un devoir le penchant qui nous
entraîne l'un vers l'autre?

J'ai donc répondu à cette épître à laquelle on
ne voulait pas de réponse; mais j'ai répondu pour
offrir ma main. Maintenant me voilà comme Ju-

liette, espérant bientôt compter pour le bonheur
chaque heure du jour, chaque jour de l'heure, et,
en attendant, les comptant pour l'incertitude
et l'impatience. Ce sera quatre mortelles journées
à passer ; mais alors, si je ne reçois point de
lettre, je n'écrirai plus, je n'enverrai plus de reproches ; non, malgré mes sermens, j'irai les porter en personne.

VII.

Londres.

J'allais partir : une lettre est arrivée à temps
pour m'arrêter. Rien n'est tel que l'amour-propre
blessé pour mettre de la réserve dans nos procédés !

En vérité, mon sort ne peut se comparer à aucun autre. On me fuit parce qu'on m'aime... Je
veux épouser, et ma proposition enchante parce
qu'elle offre l'occasion d'un refus. On me prodi-
gue les consolations les plus flatteuses, la pitié
la plus touchante. Lady Graham laisse percer la
surprise en même temps que la satisfaction.

Elle avait apparemment attendu cette démarche
pour croire à la réalité de mon estime , de mon
amour! Mais avec tant de défiance , pourquoi
m'encourager? pourquoi me tromper, puisque
nous ne pouvions pas nous appartenir ? Des obstacles qu'elle ne m'a pas fait connaître s'y opposent et sont insurmontables : elle m'assure que
je les jugerai tels moi-même. Elle part pour revenir à Londres; ses affaires sont finies à Glasgow.
Si ma proposition n'a pas contribué pour quelque
chose à cette prompte terminaison , elle paraît
avoir rendu à mon amie le courage de se retrouver près de moi. Au fait, elle a raison ; après
avoir porté des paroles de paix , j'ai dû déposer
les armes cachées et envenimées. Celles qui me
restent sont apparentes et enchaînées par l'honneur.

VIII.

Londres.

Je croyais que les idolâtres, les barbares étaient
les seuls qui sacrifiassent les veuves sur le tombeau

de leurs maris; je me trompais. La cruauté est
contagieuse. Un chrétien, un Anglais, à son lit
de mort, s'est préparé cet horrible holocauste. Sa
jalousie ne pouvait demander ouvertement un sacrifice aussi prompt; mais, malgré l'apparente générosité du délai, elle ne s'en est pas moins assuré
une satisfaction complète. Laissant une veuve
jeune et belle, sir W. Graham lui a imposé la condition de vivre sans être aimée; sensible et honnête, il faudra qu'elle n'aime pas; elle ne pourrait
pas aimer sans crime !

Cette malédiction froidement calculée est en-
fermée dans un testament que lady Graham m'a
fait lire. Le contrat de mariage, que j'ai aussi parcouru dans le plus grand détail, a évidemment été
rédigé dans le même esprit. Il faut que le mari
et le père aient conçu une bien haute opinion du
cœur de l'épouse, de la fille, ou plutôt qu'ils
aient eu un grand mépris pour son intelligence.
La dot que lady Graham a reçue de son père appartient en capital à sa fille ; ce n'est qu'à la majorité de celle-ci qu'elle a la jouissance des intérêts.
Toute la fortune du mari est arrangée de la même

façon, en sorte qu'au jour de l'émancipation, lady Graham n'aura pour toute ressource que la générosité de sa fille, ou la modique pension que fait la Compagnie des Indes aux veuves de ses fonctionnaires. Mais, en cas de second mariage, pension de la Compagnie, intérêts de la fortune de la fille, tout est perdu. Et ne crois pas, mon cher Auguste, que sir W. ait seulement voulu réduire sa veuve à se présenter dans un dénuement complet à l'homme qu'elle aurait le malheur de charmer; cela n'arrête pas un homme qui a de la fortune ou une profession. Mais voici un raffinement capable de donner des scrupules à un homme délicat et d'enchaîner une mère. Non seulement, en convolant en secondes noces, lady Graham perd la jouissance de la fortune de sa fille et sa tutelle; elle perd jusqu'à la faculté d'avoir jamais sa fille à demeure chez elle, et même de la recevoir de temps en temps. Elle ne pourra la voir qu'à sa pension ou chez les membres d'un conseil de tutelle auquel passeront tous ses pouvoirs.

Croirais-tu que j'ai eu beaucoup de peine à convaincre lady Graham que la tyrannie la plus

révoltante avait dicté les pièces qu'elle m'a fait
lire? Elle a doucement réprimé les durs commen-
taires que je ne pouvais retenir; elle a protesté
jusqu'au bout que chaque précaution prise pour
lui faire garder son nom était une nouvelle
preuve de la tendresse de son mari; il lui est
même arrivé de laisser échapper des larmes de reconnaissance. Moi j'ai pleuré aussi, mais c'était
de rage.

Souvent, dans des momens d'ambition, j'ai dé-
siré une grande fortune. Ah! combien j'aurais
béni le ciel de m'avoir donné au moins de l'aisance, pour la mettre aujourd'hui au service de
l'amour! Hélas! cet argument capital me manquait pour montrer à mon amie et son erreur et
ma conviction. Un état à jamais perdu; un avenir plein de sombres nuages; un revenu à peine
suffisant pour moi dans ma terre natale; l'exil!
quel sort à offrir à la femme que j'aime, en
échange de sa fortune!

IX.

Londres.

Je peux avoir des torts envers vous : je ne voudrais pas les aggraver en les niant ; mais ce n'est pas bien, mon ami, de provoquer une explication sur un sujet que je me suis obstiné à passer sous silence. De quoi m'accusez-vous ? de défiance, de froideur ? Cependant je n'ai pas cessé de vous écrire. Autrefois j'écrivais plus souvent, plus longuement, j'en conviens ; est-ce ma faute si la matière s'épuise ? Vous vous trompez si vous croyez que c'est de vous que me vient l'humeur sombre que vous dites avoir remarquée dans mes lettres. Le véritable chagrin se renferme, se tait, et ne s'épanche pas. M'entendez-vous, maintenant ? Viendrez-vous encore user de malignes réticences et déconsidérer des protestations d'amitié pour obtenir une entière confidence, quand vous avez, par ces précautions même, proclamé que cette confidence serait une indiscrétion ? Je n'ai point de mystères pour vous ; mais quand j'en aurais, il faudrait me plaindre et les respec-

ter. Le secret est comme la pierre d'un tombeau,
sur laquelle le voyageur égaré peut encore trouver du sommeil.... Que faites-vous de mes lettres?
Je vous les redemanderais, si je croyais que vous
pussiez en avoir oublié le contenu. Détruisez-les,
serait-ce trop exiger de vous? ou, plutôt, non,
gardez-les, garde-les, mon cher Auguste; j'étais
honnête, j'étais heureux quand je les écrivis.

Recit d'Auguste.

Quoi qu'en dise mon ami, notre correspondance était devenue très languissante dans l'intervalle des deux derniers billets que je viens de
transcrire. Elle cessa tout-à-fait après celui où
il ne me tutoyait plus et où il me reprochait avec
trop de raison la manière peu charitable dont
j'avais abusé de ses premières confidences pour
lui arracher un secret que son embarras avait
suffisamment trahi.

A la fin de 1817, il sollicita et obtint la permission de rentrer en France. Il paraît, d'après

plusieurs passages du journal auquel je ferai bientôt de larges emprunts, que le désir de se donner
un état indépendant des orages politiques, et cependant capable de servir ses goûts ambitieux,
était sa principale pensée en quittant Londres. Il
ne serait pas impossible qu'il eût saisi avec empressement l'occasion de relâcher une liaison dont
les habitudes domestiques de l'Angleterre l'a-
vaient déjà mis à même de sentir le poids. Si
lady Graham éleva quelques objections, il put
aisément lui fermer la bouche en lui représentant
la gêne rigoureuse imposée par les mœurs britan-
niques, et lui rappelant la liberté dont on jouis-
sait à Paris. Mais il ne fut pas possible à lady
Graham de venir le joindre sitôt dans cette capitale; les affaires de famille qu'elle n'avait qu'imparfaitement arrangées la rappelèrent à plusieurs
reprises en Écosse, et plus de la moitié de 1818
était écoulée avant que se réalisât son plan
favori de venir s'établir en France. Dans cet intervalle, elle désira une entrevue de huit jours
avec Calixte, qui, malgré ses occupations et la
surveillance de la police à laquelle il était sou-

mis, trouva le moyen d'y arriver ponctuellement.
Dieppe fut le lieu du rendez-vous. Le vide de
l'absence fut rempli par une correspondance des
plus suivies. Les lettres de lady Graham, dont
quelques unes se sont retrouvées dans les papiers
de mon ami, sont singulières, moins par elles-
mêmes que par l'idée qu'elles donnent du caractère du correspondant. Elle ne pouvait s'accoutumer à croire que l'homme qui lui écrivait fût le
même qui avait vécu dans son intimité; elle ne
se figurait Calixte que préoccupé, n'ouvrant la
bouche que pour exhaler des doléances, donner
des avis sévères, ou faire des reproches qui n'é-
taient pas toujours exempts d'aigreur; enfin Calixte, tel qu'il était peu de temps avant de quitter
Londres, et, à ce qu'il semble, tel qu'il se montra de nouveau avant la fin de l'entrevue de
Dieppe. Mais lady Graham oubliait que Calixte,
avant et pendant la lune de miel, avait été plein
de tendresse et d'indulgence, ingénieux jusqu'à la
flatterie, pour faire valoir les moindres qualités
de son amante; il avait un art merveilleux pour
doubler par l'habitude les jouissances de l'esprit

et du cœur. L'observateur inattentif aurait pu le croire routinier; mais il n'en était rien; car il conservait dans son intégrité le sentiment du plaisir et du devoir. Tel il se montrait dans sa correspondance. Ses lettres, écrites périodiquement tous les quatre jours, pouvaient être attendues à jour et à heure fixes; elles étaient longues, et même un autre lecteur que celui auquel elles étaient destinées y eût trouvé de l'amusement et un intérêt varié. Calixte n'avait pas besoin de calcul pour en agir ainsi. L'éloignement, qui produisait un si singulier effet sur l'esprit de son amie, devait, illusion ou réalité, amener un effet tout opposé dans une organisation inverse. C'était comme deux personnes qui se regarderaient aux deux extrémités d'une lunette d'approche. La plupart des travers qu'avait laissé paraître Calixte étaient une contre-épreuve de ceux dont il aurait voulu corriger son amie; il avait la délicatesse de ne les relever jamais qu'hostiles et pris sur le fait. Dans l'éloignement, il ne pouvait plus en être incommodé, il ne croyait plus à leur existence. Restait tout entier le souvenir des pré-

cieuses et solides qualités ; c'est à celles-là qu'il
rendait hommage.

Il y a de la sévérité au fond de mes éloges ; je
crois qu'il ne faudrait pas me pousser beaucoup pour
me rendre injuste. J'ai tant lu le journal de Calixte,
l'amitié est mon excuse.... mais lady Graham aussi
avait son excuse dans un sentiment au moins
égal au nôtre ; et si elle eût tenu un journal, que
de faits n'y eût-elle pas consignés à l'appui de ce
remords que Calixte a exprimé une fois : « Si
les lions avaient des sculpteurs ! »

Saint-Tropez à peine arrivé à Paris, cultiva
avec une égale ardeur et le monde et l'étude. Il
fit marcher de front le droit, l'économie politique et la philosophie, à laquelle une école nais-
sante donnait une direction nouvelle et un éclat
inaccoutumé. Il suivit les principaux cours des
établissemens scientifiques, et perfectionna ou re-
fit l'éducation ébauchée à l'école. Peut-être ai-
mait-il et fréquentait-il trop le monde ; c'est le défaut de tous les ambitieux ; au moins avait-il raison de le regarder comme le lieu le plus propre
à essayer ses études, à juger, en les appliquant,
de la valeur de ses acquisitions.

Calixte espérait avant deux ans pouvoir se jeter, selon les circonstances, dans le haut commerce, dans la diplomatie, ou dans le barreau. L'arrivée de lady Graham ne dérangea pas d'abord ses projets, il n'eut pas de peine à les lui faire goûter; mais bientôt elle trouva ses absences bien longues. Elle lui rappela avec chagrin les journées entières qu'il trouvait moyen de lui consacrer à Londres, comme s'il y avait parité dans la situation!

La saison des chaleurs est précisément celle où les esprits portés à la méditation, les gens habitués au régime du midi, travaillent avec le plus de fruit et de suite, parce qu'ils ne craignent pas les distractions du monde.

L'étude faisait les délices de mon ami; elle lui était indispensable pour l'accomplissement de ses projets, pour le soutien d'un nom et d'une existence honorable. Sous tous ces rapports, chaque moment qu'il lui déroba fût un double sacrifice fait à lady Graham. Encore si la satisfaction intérieure que donne l'accomplissement d'un devoir; si l'heureuse insousiance où s'écoule la vie dans

une passion partagée, étaient venues le dédom-
mager de ce qu'il avait volontairement résigné !
Mais non : le souci devint bientôt son unique occupation, son unique étude, son existence tout
entière; le déposer dans son journal fut sa seule
consolation.

SAKONTALA

A PARIS.

LIVRE PREMIER.

FRAGMENS

EXTRAITS

DU JOURNAL DE CALIXTE.

ENNUIS.

><0><

Paris, 22 octobre 1818.

Je viens de faire une promenade aux Tuileries; l'automne commence à y étendre
son domaine. Les feuilles des marroniers
tombent, celles des sycomores jaunissent.

Les débris de la sève d'août et les chaleurs
tardives de septembre jouent encore çà et là
une triste parodie du printemps. Mais les
massifs commencent à n'avoir plus qu'une
ombre claire, et, à quatre heures, au moment où nous nous trouvions près du grand
bassin du parterre, le soleil laissait arriver
des rayons pâles et obliques sur la figure dé-
solée de Phaëtuse. Quelle sympathie secrète
a fait arrêter mes pas devant cette statue!
Si mon amie avait pu comprendre que, même
sous le marbre, la douleur d'une femme avait
le pouvoir d'attendrir mon cœur, elle aurait
joui de mon recueillement, elle l'aurait partagé, au lieu de l'interrompre sitôt en me
faisant un reproche sur ma distraction. Mais
j'ai changé de place et non de sentiment.
Nous avons passé en revue les fleurs du parterre, et même les fleurs mon imagination
a su empreindre de ses couleurs mélancó-
liques. C'était la belle de nuit, dont la fraîcheur du soir commençait à entr'ouvrir les

corolles. Il y en avait de jaunes, de violettes,
de blanches ; juste comme dans le petit jardin qu'on m'avait donné à mon collége, et
que je cultivais de mes mains. C'était la clé-
matite, liane de la France méridionale, dont,
jeune et impatient chasseur, je maudissais
les longs sarmens en m'enivrant du parfum
de ses fleurs. C'était la digitale pourprée, que,
botaniste novice, errant dans les Cévennes,
j'ai cueillie avec enthousiasme et respect, en
admirant sa beauté et pensant à ses vertus
médicinales. Enfin les reines-marguerites,
les crysanthèmes originaires des climats loin-
tains, mais si bien naturalisées dans la Provence, qu'en automne elles ont le privilége
presque exclusif de former les couronnes et
les guirlandes dont on décore les cercueils.
Il n'y avait pas jusqu'au vent, qui, soufflant
du nord, roulant les feuilles tombées et agi-
tant avec bruit le drapeau blanc qui sur-
monte le pavillon du château, ne me rappelât

involontairement l'énergie poignante du *mis-
tral.*

Ainsi, en évoquant les souvenirs de ma
terre natale et de mon enfance, l'innocente
simplesse de mes premiers sentimens, tout
amenait avec le présent des comparaisons af-
fligeantes. Je n'ai pas même eu besoin de re-
monter si loin, pour me trouver bien différent de moi-même : il n'y a pas encore deux
ans, je me suis promené tous les jours comme
aujourd'hui, et qui plus est, avec la même
personne. Nos promenades étaient bien plus
longues, et pourtant il ne nous est jamais
arrivé de compter le temps. Nous étions con-
fians dans nous-mêmes, contens l'un de l'autre : peut-être nos caractères susceptibles et
ombrageux subissent-ils l'influence fâcheuse
de la saison. C'était au printemps que nous
errions dans les bosquets de Kensington,
d'Hyde-Park. Oh! non, je le sens avec amertume : ce n'est pas seulement dans la nature

que la saison est changée; nous aussi, nous
sommes arrivés à l'automne de l'amour.

Une affection sincère est un trop rare trésor pour que je ne sois pas fier de l'avoir
inspirée; mais quand l'épreuve des désirs est
passée, il faut bien que le commerce intel-
lectuel vienne à son secours, et surtout pour
soutenir un contact de tous les instans. C'est
le combustible sans lequel le feu le mieux
allumé ne tardera pas à languir. C'est une
condition de vie ou de mort. Sakontala le
sent comme moi; par malheur, c'est le seul
point sur lequel nous soyons d'accord, sur
lequel nous puissions nous comprendre. De
ma part tout le reste la désole sans doute,
mais elle me le rend bien. Elle veut de la franchise, à condition que je trouverai toujours
à louer; de la patience contre des procédés
qui la feraient perdre à un ange. Elle demande conseil pour être toujours approu-
vée. Il faudra répondre aux épanchemens,
aux caresses, et elle les placera toujours aux

momens les plus inopportuns. Repoussée,
elle boudera ou murmurera des lamenta-
tions ; elle me reprochera de l'indifférence,
à moi qui lui fais deux et trois visites par
jour ; mais elle compte mes complimens, et
ne compte pas mes visites. Peut-être il serait
plus expéditif, plus humain, de tromper, de
se conduire en flatteur parasite, plutôt qu'en
ami clairvoyant et bienveillant. Si j'essayais
d'éloigner mes visites ? moins d'abandon,
plus de cérémonie, mon esprit serait plus
indulgent, ma conscience plus commode,
ma langue plus louangeuse. Mais que dis-je !
n'ai-je pas essayé de tout ? on m'a accusé de
froideur ; de dissimulation ; on a écrit, on a
menacé de partis violens !

Rachel, qui est venue en France avec sa
mère, n'avait pas terminé son éducation
dans la pension de Hampstead. Elle a auprès
d'elle une gouvernante anglaise, appelée

miss Seymour. En France la condition de
gouvernante n'est pas à beaucoup près aussi
avantageuse qu'en Angleterre; elles ne sont
guère traitées que comme de premiers domestiques, et pour cette raison elles sont en
butte à la jalousie des domestiques véritables.
Malheur à elles si leur tenue ne rachète pas
ce que leur position a de faux. Miss Seymour
a rendu la sienne encore pire en apportant
à Paris les allures dégagées et étourdies d'une
demoiselle qui n'a jamais étudié le monde que
dans un pensionnat. En vérité, je n'aurais
jamais pu comprendre le caractère d'une esclave de l'antiquité, avant d'avoir connu
cette fille. Entendement étroit, jugement
d'une fausseté universelle; assez de beauté
avec une forte dose de coquetterie, mais
d'une coquetterie mal dirigée et reprise par
saccades. Toujours de l'avis de ses supé-
rieurs; changeant mille fois d'opinion sans
s'apercevoir qu'elle en change; flattant sans
pudeur comme sans mesure; dépensant fol-

lement le peu d'argent qui lui vient, comme
si elle n'avait pas idée de la propriété ; et,
en vertu de la même ignorance, se servant
sans répugnance et sans gêne des nippes de la
maîtresse de la maison. Méprisée de l'enfant
qu'elle élève, parce qu'elle la mène toujours
à contre-mesure, la grondant toujours trop ou
pas assez ; ayant dans la maison tout à la
fois l'aisance d'une maîtresse et l'humilité
d'une servante ; recevant des affronts des visiteurs et des domestiques ; se servant à table le meilleur morceau, et restant le soir
dans le salon quand sa maîtresse voudrait
être seule ; résistant aux hommes parce qu'elle
est sans passion et attaquée sans suite ; mais
supportant d'eux, sans indignation, des fa-
miliarités qui vont jusqu'à l'outrage ; voilà la
femme à qui lady Graham a confié le com-
plément de l'éducation d'une fille précoce
d'esprit au moins autant que de corps ;
voilà le juge auquel elle en appelle souvent
de mes opinions en fait de science du monde

et du cœur humain. A la vérité, elle apprécie mieux sa nullité par instinct que par la réflexion ; miss Seymour fait toujours partie du cercle de famille, et lady Graham ne s'abrite guère de ses yeux et nullement de ses oreilles.

Ce soir elle a commencé en sa présence une dissertation sur l'inconvenance qu'il y aurait à moi de ne pas paraître à une fête qu'elle se propose de donner pour l'anniversaire de la naissance de sa fille. Mon absence serait remarquée comme une insulte et pour l'amphitryon et pour ses hôtes, tout le monde sachant que je suis l'ami de la maison (la conversation était en ce moment en français). On ne l'invite nulle part sans m'inviter en même temps qu'elle.

J'aurais eu trop à répondre : ma main avancée vivement comme pour nier ou imposer silence, est le seul signe d'impatience que je n'aie pu retenir. Mon amie l'a si peu compris, qu'elle a cru y voir un consente-

ment à l'invitation dont je m'étais jusque là
défendu. Elle s'est jetée sur cette main en
me remerciant de mon obéissance. Elle la
portait à sa bouche... J'ai eu le temps de la
retirer avant qu'elle eût exécuté son intention. En levant les yeux pour s'expliquer
la brusquerie de mon geste, elle a rencontré des yeux fixés avec une expression de
douleur si farouche, qu'elle en a été atterrée.
La vengeance était trop cruelle, le remords
l'a suivie de près. J'ai été ébranlé dans ma
résolution de ne point paraître à la fête, et
j'ai confirmé le plus gracieusement possible
une supposition qui avait manqué me valoir
une démonstration par trop orientale de reconnaissance.

***

J'ai assisté à la fête : cette satisfaction n'a
pas été jugée suffisante; mais plusieurs motifs ont pu diminuer mes regrets d'avoir sou-
levé une longue rancune. Rien ne tourne la

tête de Sakontala aussi complètement que le
bonheur. Elle devient si expansive, qu'elle
laisse exhaler par tous les pores le secret de
son affection. Quand elle es. contente de son
ami, elle est empressée auprès de lui, de gestes,
de paroles et d'attention ; nos rôles semblent
totalement renversés; son empressement est
aiguillonné par le ton distant que je prends
avec elle. En tête à tête, ce serait une sauvagerie capable de l'affliger; devant le monde il
est agaçant, parce que ce ne peut être qu'une
retenue décente. Au contraire, le malheur
qui est systaltique éteint cette spontanéité
si désolante pour moi; toutes ses facultés
sont engagées à la réflexion, et sa tenue dans
la société profite de tous les efforts qu'elle
fait pour me montrer sa froideur.

Soit dépit ou autrement, elle a passé la
plus grande partie de la soirée assise à une
table de whist. Rachel a courageusement
saisi le rôle que sa mère abdiquait. Jeune soldat qu'on aurait à peine cru capable d'obéir

avec intelligence, elle s'est montrée tout-à-
coup aussi expérimentée à agir et plus habile
à commander que le chef qui manquait. Elle
a dignement joué le premier rôle dans cette
représentation qui se donnait à son honneur.
Donnant le signal aux musiciens trop enclins
à prolonger les entr'actes; envoyant des danseurs aux petites filles qui languissaient dé-
laissées auprès de leurs mamans, à sa gouvernante, et jusqu'aux dames dont la toilette
incertaine entre le rôle d'acteur et celui de
spectateur cumulait les prétentions de jeunesse avec celles de raison.

C'est à une dame de cette classe que Rachel a trouvé moyen de m'accoupler, au moment où je quittais le point le plus obscur
de la salle de danse pour battre en retraite
vers la table d'écarté. Je ne sais comment elle
aura trouvé son danseur; je doute qu'elle en
ait été contente; j'ai fait peu de frais pour
l'amuser. Elle, au contraire, en a fait beaucoup pour moi, malgré ou peut-être à cause

de mon indifférence. Son élocution est facile, quoique peu distinguée : elle a une
verve de gaieté et de malice qu'elle a impitoyablement exercée sur tous les personnages
qui lui sont passés devant les yeux; et comme
elle paraissait en connaître la plupart., je
me suis assis à côté d'elle après la contre-
danse pour achever la revue commencée.

Depuis que je crains les causeries pour
moi-même, médire du prochain a perdu
beaucoup de ses anciens charmes. Le chro-
niqueur ne prenait guère soin d'emmieller le
vase; il faisait les honneurs de lui-même
presque aussi libéralement que ceux d'autrui : cette abnégation peut annoncer de l'esprit; mais cela annonce aussi un manque de
sentiment ou de principes fixes après lesquels il n'y a plus guère de morale possible.

Toutefois, je ne sais comment cela s'est
fait, la soirée ne m'a plus paru longue dès
l'instant que j'ai été à la danse. Je me suis

plusieurs fois surpris riant aux éclats avec
ma rieuse interlocutrice. Cela m'arrive si rarement! Héraclite est bien excusable d'avoir
un peu de reconnaissance pour Démocrite;
mais Héraclite est redevenu lui-même quand
on a cessé la danse pour aller à la collation
qui devait terminer la soirée. C'était la petite pièce après la grande : l'abandon est un
privilége de la table, et surtout à une heure
avancée de la nuit. C'est alors que beaucoup
de caractères que la solennité avait laissés
dans le vague, se dessinent plus fortement.
Madame Saint-Alban était allée se mettre en
scène et avait emporté ses légers et rians
pinceaux.

Au premier plan, et effaçant tous les autres
personnages, se montrent deux créoles des
Antilles françaises. La table semble n'avoir
été dressée que pour eux. Le plus jeune,
que j'ai entendu appeler le chevalier de Jérémie, a dansé plusieurs contredanses avec
Rachel, et maintenant il ne perd pas une

occasion de s'occuper d'elle. L'autre, qui
est son oncle, s'appelle M. Lacroix des
Bouquets. Il a ruiné tout le monde au whist
et à l'écarté, et maintenant il semble vouloir
dépouiller la table aussi complètement que
les bourses. L'oncle et le neveu officient en
gens qui auraient jeûné chez eux. M. Lacroix
surtout semble avaler des yeux et des mains
en même temps que de la bouche. Par malheur, le repas ne se compose que de thé,
de gâteaux, tartines et autres friandises aussi
légères. La charitable lady Graham s'empresse de lui proposer quelque chose de plus
solide, que le vorace étranger accepte avec
transport. Des restes d'entremets, de tartes,
du blanc-manger, des viandes froides, des
carcasses de volaille, des manches de gigot,
de jambon, sont rangés autour de lui, et il
passe tout en revue, et il trouve de l'appétit
pour tout fêter. C'est un véritable repas à
rebours qu'il a fait. Mais tout n'est pas encore fini : dans le salon, tout ce qui peut

s'emporter le tente, tout ce qui peut se
prendre sans constituer un vol excite sa cu-
pidité ; il vide dans son mouchoir un flacon
d'eau de Cologne , et met dans sa poche les
restes d'un sucrier ; une boîte à épices qu'il
a déterrée dans un coin, n'est pas épargnée
par sa rapacité; il croque la noix muscade,
la cannelle , et prenant à la main un morceau
de gingembre, il vient effrontément le montrer à la dame du logis en jouant l'enthousiasme pour une production d'un pays qu'il
a autrefois visité. Lady Graham , dupe de
son artifice, ou compatissante pour sa gour-
mande avidité, le presse d'accepter la provision de la racine exotique, qu'il empoche
en murmurant quelques mots d'excuse.

Et voilà pourtant un homme que l'on appelle de bonne compagnie! Cette maison
n'est pas la seule où on le reçoive, il a des
passeports qui sans doute lui en ont ouvert
bien d'autres. Sa boutonnière est ornée d'un
double ruban rouge; il a un titre, un grade

militaire ; il parle des pertes que lui a cau-
sées la révolution, de l'immense fortune
qu'il avait à Saint-Domingue, et de la lâcheté qu'il y aurait au gouvernement à traiter
avec des nègres esclaves et rebelles; de la facilité de reconquérir l'île par une expédi-
tion.

Jérémie approuve les discours de son oncle, moins en homme convaincu qu'en
adroit client, qui ne veut rien diminuer dans
la considération d'un personnage dont les titres et les rubans le protègent lui-même.
Peut-être est-ce dans le même esprit qu'il
imite à table sa voracité. Au moins il sait la
colorer d'une aisance comique qui peut laisser croire à bien des gens qu'une telle bonne
fortune leur est chose familière. Sa parole est
brève et mordante ; son teint pâle et olivâtre est relevé par l'azur d'une barbe rasée
en totalité ; ses yeux vifs et noirs sont abri-
tés sous une paire de sourcils dignes du pinceau de Paul Véronèse. Ses traits durs don-

nent une expression tant soit peu sardonique
à ses narines dilatées et à sa bouche tendue
en une perpétuelle décoration de soûrire.

Mon amie n'a pu se résigner à me laisser
passer chez elle une soirée entièrement se-
reine. Elle s'est assise sur un canapé en me
faisant signe de me placer auprès d'elle, de
l'air d'autorité paternelle d'un confesseur
qui fait agenouiller son pénitent. Elle a commencé par me gronder doucement sur la répugnance que j'avais manifestée hier, et m'a
demandé, d'un air satisfait que c'eût été pitié
de troubler, si je n'étais pas forcé d'avouer
que mes répugnances étaient tout-à-fait chi-
mériques. Ensuite est venu le reproche de
ne pas avoir été dire bonjour à M. Lacroix
des Bouquets, une de ses plus anciennes
connaissances dans Paris, lui qui m'avait
donné la lettre de recommandation avec laquelle je m'étais présenté chez elle à Londres.

Ce souvenir a pensé m'arracher un soupir. — Je m'avoue coupable envers vous et

envers lui ; mais convenez aussi que M. Lacroix des Bouquets est méconnaissable. Il y
a trois ans, il avait des cheveux gris, maintenant il porte une perruque noire. D'ailleurs
il serait peu surprenant que sa figure ne fût
pas fixée dans ma mémoire. Je le connaissais depuis un jour, quand il m'offrit une
lettre pour vous, et je quittai Paris le lendemain. Peut-être aussi la politique l'a-
t-elle encore plus défiguré à mes yeux que la
perruque : il était bonapartiste quand je le
quittai, et depuis, j'ai entendu maudire son
nom à quelques uns de mes camarades, officiers à demi-solde qui se prétendent persé-
cutés par la police militaire du commandant
de la place.

Selon une habitude à laquelle j'étais fait
dès long-temps, Sakontala poursuivant le fil
de ses propres idées, sans faire attention à
celles que je jetais au travers, se remit à me
parler de M. Lacroix des Bouquets, mais
avec cet accent de tendre sollicitude spé-

cialement réservée au chapitre du cœur.
—J'eus tort de vous dire à Londres que
M. Lacroix m'était à peu près inconnu ; nous
nous connaissions beaucoup plus que je ne
croyais ; du moins il m'avait beaucoup remarquée. Il demeurait dans notre voisinage,
et il m'a avoué qu'il avait fait auprès de mes
parens quelques démarches pour obtenir
ma main. Il était déjà veuf ; aujourd'hui je
suis veuve comme lui. Malgré sa perruque,
il n'est pas aussi âgé qu'il le paraît ; en tout
cas le cœur ne vieillit pas, et le sien a conservé les secrets penchans de sa jeunesse.
Depuis mon retour à Paris, il me l'a donné à
entendre dans plusieurs occasions. Je le ren-
contre souvent chez la baronne de B. et chez
mistress Saint-Alban ; il m'a souvent parlé de
vous, il sait que vous êtes toujours chez moi ;
mais sur son sujet favori, je lui ai toujours
imposé silence. En achevant ces paroles,
l'œil de Sakontala était devenu caressant, et
sa main allait devenir comme son œil, en s'a-

vançant vers la mienne : il me fallut porter
vers la table des regards inquiets pour lui
rappeler que nous n'étions pas seuls dans
l'appartement.

———

Lady Graham possède un magnifique collier de perles fines avec agrafe en brillans.
C'est un cadeau que son père lui fit le jour de
ses noces ; elle y tient beaucoup à cause de
cette origine ; je le lui ai vu porter dans toutes les grandes solennités : pourtant hier il
n'a pas brillé à son cou. Est-ce oubli ? serait-
ce à dessein ? Mais son goût pour la toilette
n'a jamais été assez prononcé pour qu'il
puisse subir quelque diminution ; son cœur
est trop fidèle aux émotions de la parenté,
pour que les jouissances maternelles aient
obscurci les souvenirs de la piété filiale.

———

J'ai glissé quelques mots d'étonnement sur

l'absence du collier. Sakontala a répondu,
d'un air singulier, qu'il était dans son écrin.

Je suis allé chez elle à midi; elle était
sortie. Rachel m'a reçu à sa place; je lui ai
répété d'un air indifférent ma question
d'hier; elle a souri malignement: — Maman
vous à dit vrai, en vous assurant que le collier était dans son écrin.

Je me suis aperçu depuis quelque temps
que Rachel commence à comprendre le plaisir que donne la possession d'un secret; elle
s'essaie avec succès à en avoir qui lui ap-
partiennent en propre, et fait des progrès
correspondans dans l'art de découvrir les secrets d'autrui, et de les divulguer sans qu'on
puisse l'accuser d'indiscrétion. Bien certainement le mot qu'elle m'a dit et le sourire
dont elle l'a accompagné couvrent quelque
mystère. Demander des explications ulté-
rieures est peut-être un abus de pouvoir,
mais le motif qui me guide est pur...

Je ne m'étais pas trompé, le collier n'était

plus en sa possession ; il a été mis en gage pour payer les frais de la fête. Quelle humiliation pour moi ! mon amie avait confié ses besoins à des domestiques, avait épuisé leur bourse, et, pour dernière ressource, elle s'est adressée à ce gouffre usuraire qui engloutit si promptement le gage déposé. Elle a compromis sa signature parmi des noms déconsidérés par la misère et la mauvaise conduite, et tout cela plutôt que de m'emprunter à moi.

Il se pourrait donc que l'amitié devînt coupable par excès de zèle. Ah ! je suis cruellement puni des formes âpres, dans lesquelles j'enveloppe trop souvent mes bonnes intentions. Si l'on m'avait donné la préférence que je revendique, j'aurais fait de longs sermons sur l'économie, exigé des confidences pénibles, fait de dures représentations ; peut-être me serais-je permis des emportemens, et qui sait si on n'aurait pas eu de la répugnance à accepter mon argent, si on n'aurait

6

pas craint de me gêner! Mélange bizarre de
générosité et de faiblesse; je t'admire et te
plains encore plus que je ne te blâme: aussi,
pourquoi ne pas rendre mes conseils moins
effrayans? si je jetais moins d'épines sur le
chemin de la raison où je veux faire marcher!...

Il m'est rarement arrivé d'emprunter pour
moi-même. Quand je l'ai fait, c'a été avec
une lenteur, une défiance, un dégoût qui
rendaient la nécessité mille fois plus pénible.
Aujourd'hui j'ai eu besoin d'emprunter pour
faire la somme indispensable pour dégager
le collier, rembourser les domestiques,
et payer les frais de la maison jusqu'au
prochain quartier, mais j'ai emprunté avec
assurance. L'obligeant ami qui m'a avancé
des fonds a été presque effrayé en voyant
l'enthousiasme qui brillait dans mes yeux;
il l'a pris pour du désespoir ou de l'effron-

terie; il m'a demandé si je ne venais pas de
me ruiner dans quelque maison de jeu... En
m'acheminant vers le commissionnaire, je
me suis amusé à examiner la teneur du pa-
pier-monnaie de cet établissement qui a l'im-
pudeur de s'appeler Mont-de-Piété. Le taux
de ses intérêts, sans préjudice des énormes frais de commission, est exprimé d'une
manière qui aurait fait envie à Rabelais;
demi pour cent par demi-mois. Cela vaut
presque le *Gentil petit coutelet.*

Mon Dieu! que les organisations où le
cœur domine sont admirables dans les émotions douces et expansives! Les gens qui
vivent surtout par la tête, balbutient et paraissent gauches au moment où ils font ou
reçoivent le bien. Le cœur ne connaît pas
cette pruderie; il inspire à ces momens une
énergie d'abandon, une éloquence de senti-

ment que la réflexion trouverait surprenantes
de convenances.

Quand mon amie m'a vu rentrer chez elle,
tenant à la main le fatal écrin, elle a jeté ses
bras autour de mon cou, puis m'a regardé
d'une manière si tendre, et m'a fait des remerciemens si touchans !... Non! dans les temps
les plus fortunés, les plus passionnés de nos
amours, je ne me rappelle pas de lui avoir
trouvé tant de grâce, tant d'enchantement !

Quand elle a enfin eu pitié de l'embarras
où me jetait cette ovation, elle a commencé
une explication apologétique de la gêne pé-
cuniaire d'où je venais de la tirer.

Mon amour-propre, qui venait de se dilater
outre mesure, a été profondément refoulé en
s'apercevant que l'indulgence et la modération étaient des voies plus sûres pour obtenir des confidences importantes, que l'étalage pédantesque de théories d'administra-
tion domestique; plus sûres que les reproches, les mépris et les déclamations.

Le déficit couvert par la mise en gage du collier, datait déjà de fort loin. J'avais remarqué que beaucoup de pauvres honteux ou non, Français ou Anglais, obtenaient souvent des audiences particulières de lady Graham. Elle m'avait souvent trompé sur les secours qu'elle leur avait donnés. Plusieurs de ces mendians s'étaient trouvés être des filous qui, avec d'autres histoires ou d'autres habits, avaient abusé de sa crédulité dans des maisons que je connaissais. Ceux-là étaient revenus à plusieurs reprises, nonobstant mes dénonciations ; et, comme on s'y attend bien, ils n'avaient pas été les moins habiles à toucher son âme simple et charitable ; mais la fortune de la maison pouvait permettre l'extravagance dans les aumônes ; les coups les plus dangereux lui venaient d'autre part.

M. Lacroix des Bouquets était venu un matin lui rappeler qu'il fut autrefois bien reçu par sa famille, lui parler de sa grande fortune perdue à Saint-Domingue, d'une parole donnée par le ministre de la guerre de l'employer activement, et de l'urgente nécessité où il se trouvait de s'équiper à neuf. Le secrétaire de lady Graham s'était ouvert, et M. Lacroix des Bouquets avait emporté plusieurs billets de mille francs.

Mistress Saint-Alban aussi avait su prendre son temps, et, sous divers prétextes, s'était fait prêter une assez forte somme. Ces deux rusés emprunteurs avaient l'adresse de venir conter leurs peines dans les premiers jours du trimestre. Lady Graham touche ses revenus par quartiers, et quand son coffre est plein, elle est comme les enfans, le croit inépuisable, et se livre sans réserve à sa générosité naturelle. Dans le dernier mois du trimestre, il faut trouver des expédiens pour subvenir aux besoins du présent. Mais c'est aussi l'époque où l'on fait pour l'avenir de magnifiques projets de réforme et d'économie.

Mais, hélas ! les promesses sont trop belles pour pouvoir compter sur leur exécution. Sakontala m'a juré que désormais elle établirait toujours son budget avant de se permettre la moindre dépense. Elle a exigé que je prisse l'engagement de présider moi-même à sa fixation et à son exécution rigoureuse. Elle a argüé de l'avance d'argent que je venais de lui faire pour m'investir d'une partie de son autorité vis-à-vis de ses gens; et comme j'ai laissé percer un peu d'humeur en m'opposant à cette abdication, j'ai été accusé de ne refuser mon assistance que pour conserver le plaisir de fronder. Qu'il est pénible de blesser à chaque instant un objet aimé ! mais aussi le code du devoir n'est-il pas un peu barbare, puisque chaque jour il désole la victime et le bourreau. Il y a des momens où le doute vient empoisonner jusqu'à ma dernière consolation. Mon amie aussi a sa conviction, et celle d'une âme comme la sienne pourrait bien être respec-

table. Cesse de m'accuser, chère Sakontala !
je veux t'obéir quoi que tu exiges de moi; je
t'ai sacrifié mon ambition, mon goût pour
l'étude ; je descendrai, s'il le faut, à des
détails de ménage; je me rapprocherai de
tes domestiques, qui, s'ils ne s'opposent pas
de front à mon usurpation, s'en vengeront
en mon absence par l'insubordination et les
caquets. Je me mettrai en évidence devant
les étrangers que tu recevras; je ferai, s'il le
faut, les honneurs de ton salon : je me lais-
serai inviter partout avec toi; si on t'invite
encore quelque part lorsque j'aurai affiché
mon intimité pour te faire croire à mon
amour !

SAKONTALA

A PARIS.

LIVRE DEUXIÈME.

CONTINUATION

DU JOURNAL DE CALIXTE.

PASSE-TEMPS.

⮞✦⮜

Dépositaire de mes ennuis , mon journal
m'avait attaché jusqu'ici comme un confident
discret et docile , qui soulageait mon âme en
recevant ses épanchemens. Je ne m'étais pas
encore aperçu que le plus grand charme qu'il

eût pour moi tenait à la manière peu charitable dont y est représentée ma conduite
vis-à-vis d'une femme que j'aime sans doute,
mais enfin à qui j'attribue mes malheurs.
C'est une apologie uniforme de mes procédés,
une accusation continuelle contre les siens.
Tout est générosité de mon côté ; il s'en faut
de peu que du sien tout ne soit inconsé-
quence ou ingratitude. C'est à la lettre la
fable du lion terrassé par l'homme... et si les
lions avaient des sculpteurs, si mon amie tenait un journal!

Il y a quelques jours, j'aurais vainement
lu et relu le mien, je n'y aurais point fait
cette affligeante découverte. Mais la vie est
comme un terrain accidenté : chaque pas
qu'on y fait en change le point de vue. Une
situation nouvelle vis-à-vis de Sakontala
a totalement altéré l'optique de la rétro-
spection...... Un petit voyage m'avait fait
suspendre les notes que je jetais tous les soirs
sur ce papier. J'ai éprouvé à mon retour

une grande répugnance à combler cette
lacune. J'étais prêt à abandonner tout-
à-fait l'habitude ; son interruption mo-
mentanée me semblait un prétexte suffisant. Ma conscience a enfin repoussé
cette indigne capitulation. Elle a tant de fois
importuné mon oreille des véritables raisons
qui me poussaient à mon insu, qu'elle m'a
enfin donné le courage de reprendre la plume
pour les écrire. Il ne sera pas dit que le miroir que je contemplais avec tant de complaisance pendant qu'il réfléchissait une image
flatteuse, aura été brisé par ma main le jour
qu'il m'a laissé voir ma difformité.

Avec son bon cœur et les habitudes hos-
pitalières d'une Indienne, Sakontala avait
toujours sa maison pleine d'hôtes. Les femmes s'y succédaient en plus grand nombre
que les hommes ; car elle redoutait plus de
me donner de la jalousie que d'en éprouver
elle-même. Je n'avais rien à craindre ; mais il
était difficile de la tranquilliser complète-

ment. La prudence m'obligeait à m'occuper
ouvertement de chaque étrangère, c'était le
plus sûr moyen de tromper la vigilance d'un
argus placé si près pour nous épier ; le plus
sûr moyen de lui laisser croire que je n'étais
pas occupé ailleurs.

Cet argument me semblait si fort, que j'o-
sai quelquefois m'en servir pour apaiser les
alarmes de mon amie. Il réussit au moins à
lui fermer la bouche. Mais le danger des so-
phismes commence avant leur succès......
Plusieurs femmes avaient été, comme miss
Seymour, assez insignifiantes pour être totalement négligées ; mais il s'en est trouvé une
douée d'assez d'attraits pour me subjuguer.

Étudier autrui devient un passe-temps favori de quiconque est forcé par le souci à
de fréquens retours vers lui-même. Hommes
ou femmes, tous les étrangers que j'avais
jusqu'ici rencontrés chez lady Graham n'a-
vaient offert à ce goût que des alimens assez fades. Les organisations supérieures sont

complexes et conséquemment longues à étudier ; mais toutes celles où j'avais appliqué
mon attention , ne l'avaient occupé que peu
de jours ; encore l'ennui était-il venu souvent
avant la fin de l'épreuve. Mistress Saint-Alban
fut plus longue et plus difficile à connaître.
Cette nouveauté piqua ma curiosité ; le plaisir de l'étude devenait plus vif et plus 'atta-
chant à mesure qu'il se prolongeait. Mistress
Saint-Alban avait une intarissable gaieté, qui
soulageait ma mélancolie ; sa verve caustique
plaisait à mon humeur chagrine et pessi-
miste ; son esprit surtout excitait mon admiration ; léger , étincelant de saillies , fin jusqu'à la subtilité, c'était un régal dont j'avais
presque perdu le goût. La syrène s'aperçut
bientôt du charme qu'elle exerçait sur moi:
elle voulut mener d'autres intérêts de front
avec ceux de sa coquetterie.

Elle est fille d'un émigré français qui s'é-
tait fixé à Hambourg. Sa mère s'y était faite
marchande de modes. Quand les Français se

furent emparés de cette ville, la famille sè
transporta en Angleterre, et le magasin de
modes qui lui avait donné à vivre, fut rouvert dans Londres, et conservé jusqu'en
1814. La fille y avait long-temps travaillé avec
la mère; elle épousa un Anglais du comté
de Norfolk, au moment où ses parens re-
prirent leurs anciens titres et rentrèrent en
France. Les titres séduisent les Anglais, lors
même qu'ils ne sont pas accompagnés d'argent. M. Saint-Alban espérait que la restauration leur ferait bientôt réunir les deux
charmes : lui-même n'était pas sans espoir
d'avoir sa part de l'un et de l'autre. Il racon-
tait que son grand-père avait servi dans la
brigade irlandaise qui se distingua à Fonte-
noy : sa grand'mère était une Normande d'une
illustre origine; sa mère, née en Irlande et
devenue veuve, avait épousé en secondes noces, mais par un mariage non avoué, un
prince italien d'une famille papale. Cette
généalogie souvent redite et soutenue de la

protection de la belle-mère, et des intrigues
de sa femme, allait lui faire obtenir une
place de brigadier dans les mousquetaires
gris, quand le 20 mars arriva. Depuis, le
beau-père et la belle-mère étaient morts, les
mousquetaires étaient supprimés, l'indemnité
tant attendue n'était pas accordée aux émigrés. M. Saint-Alban avait bien soutenu chez
lady Graham son caractère amphibie; fier
des souvenirs de sa race, et confiant dans son
avenir comme un émigré français, et comme
un *gentleman* parlant et agissant en grand
seigneur actuel, toujours prêt à parier cent
guinées sur un point en litige; ayant toujours reçu la visite du comte un tel, du marquis un tel, de mylord un tel; ayant mar-
chandé un tilbury, un cheval de race; s'étant
défait d'un landau qui n'était plus de mode.
Il avait passé une partie de l'été à Fontainebleau, et en était subitement parti pour aller
à Rome, voir sa mère dangereusement maláde. Sa femme, qui, à cette époque, était re-

7

venue à Paris, avait plusieurs fois engagé
lady Graham à profiter des derniers beaux
jours de l'automne, pour aller visiter la magnifique forêt de Fontainebleau ; elle lui avait
offert sa maison restée vide, et dont le bail
n'était pas expiré.

Sakontala, qui me mettait toujours de moitié dans toutes ses parties, m'avait déclaré
qu'elle n'irait pas à Fontainebleau sans moi.

J'avais pour le voyage une répugnance in-
vincible ; le nom seul de cette ville réveil-
lait dans le cœur d'un ancien militaire des
souvenirs déchirans. Je m'y trouvais en qualité d'officier d'ordonnance du maréchal ***,
lorsqu'au mois d'avril 1814 Napoléon signa
son abdication.

Madame Saint-Alban eut bientôt trouvé la
vraie cause du refus de lady Graham, et en
habile tacticien tourna ses batteries de mon
côté. Elle sut d'abord triompher de ma répugnance, en comprenant ce qu'elle avait de
respectable ; il n'y eut pas loin de là à réveil-

ler ma curiosité pour un lieu historique.

Pouvais-je être insensible aux ménagemens que la fille d'un émigré montrait pour
mes sentimens politiques! peut-être l'étais-je
moins encore au goût que chaque jour davantage elle laissait percer pour moi!

Toutes les fois que devant lady Graham
elle m'avait parlé de Fontainebleau, elle
avait eu le soin de ne pas trop rapprocher de
ce sujet l'invitation qu'elle lui avait si souvent répétée. Elle réussissait presque à se
montrer persuadée que Sakontala ne prenait
conseil que d'elle-même. C'était me saisir
par mon faible le plus grand.

Une fois en sécurité du côté de cet éternel
sujet de mes alarmes, ma galanterie devint
de la hardiesse, et sa coquetterie de l'abandon. Un jour, après une longue conversation sur les souvenirs du château de Fontainebleau : Eh bien, ajouta-t-elle avec un
regard qui alluma mille désirs, et un son de
voix confidentiel qui donnait mille espé-

rances, ne vous sentez-vous pas maintenant le courage de nous accompagner?

Je ne pouvais pas moins faire que de l'assurer qu'elle me l'avait donné.

En sortant de chez elle, j'allai machinalement chez lady Graham; peut-être avec le secret désir d'y trouver quelque prétexte pour rompre l'engagement que je venais de me laisser surprendre. Ma mauvaise étoile voulut que lady Graham eût reçu le matin la visite de madame Saint-Alban. Le jour du voyage y avait été arrêté, et l'on avait compté sur moi sans me consulter.

Ni l'aveuglement de mon amie, ni la suffisance de sa rivale ne purent me rappeler à mon devoir : je ne fis pas la moindre objection quand j'entendis donner l'ordre d'aller commander les chevaux de poste.

Pourquoi risquerais-je le fastidieux détail d'une intrigue sans passion? Ma plume se refuse à retracer tous les hasards du voyage, tous les accidens des auberges de province, d'une maison de campagne isolée, et d'une immense forêt. Il n'est pas une tromperie que je n'aie partagée, pas une ruse dont je n'aie été complice. En peu de jours, nous sûmes si bien endormir la vigilance de notre honnête et confiante compagne, nous fîmes un apprentissage si prompt de l'impassibilité du vice, qu'ami inconstant et amant infidèle de Sakontala, je rencontrai sans rougir ses regards doux et caressans; j'entendis, sans en être atterré, le son touchant de sa voix, et cela, aux momens et dans les lieux mêmes où je venais de la trahir.

Mais, prête à s'éteindre, la délicatesse se réveilla dans mon cœur, lorsque madame Saint-Alban se crut assez sûre de sa conquête pour ne plus dissimuler avec moi.

Nous étions sortis ensemble un matin qu'une migraine avait empêché lady Graham de se lever de bonne heure. Au moment où nous traversions la cour du château, les domestiques introduisaient dans les apparte-

mens un groupe d'étrangers auquel nous
nous mêlâmes. Une fois entrés, nous nous
tînmes à assez grande distance pour qu'ils
ne pussent pas entendre notre conversation.
Mistress Saint-Alban prit ce temps pour
commencer un amer persiflage.

« En vérité, disait-elle, on ne saurait
naître sous une plus heureuse étoile; il cap-
tive toutes les femmes, et cela sans se donner
la moindre peine. Dédaigneux avec celle-ci,
indifférent et distrait avec celle-là, il sait
frapper ses défauts en monnaie plus précieuse que les qualités d'autrui. On se dispute ses mépris et ses bourrasques; on prise
très haut la faveur de le voir dormir ou
garder le silence. Mais aussi, quelle délicatesse, quelle discrétion! une vierge de qua-
torze ans ne redoute pas davantage l'œil du
public; une veuve, jeune et dévote, n'est
pas plus scrupuleuse sur les convenances!
Quel dommage qu'un peu de vanité dépare
ces vertus! fier de la rectitude de son juge-

ment, il a la présomption de réformer les
gens maltraités par la nature; il devient un
peu despote au nom de la raison; au nom
de la bienveillance, il prêche la dureté....... »

Une longue habitude et plus encore ses
sentimens politiques mettaient cette femme
à l'abri de toute émotion, en parcourant ces
appartemens déserts. — Pour moi, au contraire, j'étais douloureusement ému en re-
connaissant chaque espace, en notant les
changemens qui y étaient survenus depuis
quatre ans. Aussi ne prêtais-je qu'une oreille
distraite aux paroles de mistress Saint-Alban ;
je comprenais toute la portée de ses allusions,
je voyais à sa merci des secrets que j'avais espéré lui dérober. Mais cette nouvelle source
de douleur ne versait ses produits que con-
curremment avec la première, et elle tarit
plus tôt, car mistress Saint-Alban dut cesser
de parler, quand elle vit que je m'éloignais
d'elle, et que je ne l'écoutais plus.

Mon cerveau troublé ne percevait plus des

notions exactes du monde extérieur ; j'étais
comme ces malades qui, affaissés un moment
sous le sommeil, voient leur imagination ar-
ranger dans un rêve les souffrances qu'ils
continuent à ressentir.

Le groupe des visiteurs me sembla com-
posé des officiers civils et militaires que
j'avais vus tant de fois se presser dans ces appartemens. La curiosité, l'inquiétude, la
douleur, se peignaient sur toutes les figures,
dans toutes les attitudes, chaque fois qu'un
aide-de-camp, un ministre, un chambellan
sortait du cabinet. L'homme de qui dépend
la destinée de la France sort enfin, et partout l'enthousiasme fait place à tout autre
sentiment ; tout le monde espère, car il va
tenter un dernier effort. Mais des cris de détresse se font entendre, la désolation se ré-
pand ; le mot de *trahison* est répété avec ef-
froi. Napoléon rentre recueilli, résigné à la
plus affreuse catastrophe qui ait pu frapper
l'ambition humaine.

Je le vois se promenant à grands pas, puis s'asseyant devant cette table où il doit signer son abdication ; prenant la plume, puis la déposant pour écouter les amis qui l'entourent. Voici venir ce soldat d'une âme si forte, si grande dans les batailles, mais d'un esprit peu élevé comme citoyen: il présente une arme comme ressource dernière et obligée du désespoir. Son attitude franche, son langage brusque contrastent avec les paroles mielleuses, les regrets hypocrites de ces conseillers qui croient consoler de la perte d'un trône par la douteuse gloriole de fonder une dynastie. Quelques hommes d'un esprit plus clairvoyant, d'un cœur plus noble, entrevoient les changemens que la France va subir ; mais ils seront jusqu'au dernier moment fidèles à l'honneur, à l'amitié, à la reconnaissance. Ceux-là comprennent que l'empereur des Français puisse et doive se survivre. La mort d'un aventurier n'est pas digne d'un grand homme.

J'avais les yeux fixés sur une table à char-
nière qui venait de s'abaisser sur une plaque
de cuivre portant la date de l'abdication,
lorsque mistress Saint-Alban se décida à se
rapprocher de moi. Elle comprit la double
cause de ma rêverie et le moyen d'y mettre
une prompte fin. Sa cruauté les frappa toutes
deux à la fois, comme un habile chasseur sait
abattre deux pièces en faisant feu de ses deux
coups.

— Ah çà, dit-elle en me secouant familiè-
rement par le bras, lequel de vos deux amis
détrônés dois-je accuser de ce manque de
galanterie ?

Les blessures de l'amour-propre guérissent
promptement toutes les autres douleurs et
donnent de la présence d'esprit. — Détrônés ! répondis-je dédaigneusement, ils ne le
sont ni l'un ni l'autre; leur trône est encore
debout dans mon cœur.

Mistress Saint-Alban poussa un éclat
de rire sardonique, et me regarda obliquement. — Oui ; et tu seras aussi fidèle

au maître que tu l'as été à la maîtresse.

La rougeur me couvrit le visage ; elle profita de mon embarras pour continuer avec l'accent d'une pitié insultante.

— Mon pauvre ami, vous vous accoutumerez peu à peu à chercher des consolations en politique, comme vous en avez cherché en amour. Si j'ai à vous donner un conseil, c'est de le faire plus tôt que plus tard : car enfin, l'absence, l'interruption des rapports, tout cela refroidit terriblement les affections. Croyez-vous que votre Napoléon n'ait pas déjà oublié un petit officier dont peut-être il n'a jamais bien su le nom ? Quant à votre milady, quelques mois, quelques jours peuvent amener de grands changemens. Jadis elle ne faisait rien sans vos conseils, ensuite elle s'en est passée ; maintenant elle les brave...... Vous êtes surpris ; vous me regardez d'un air de doute ; vous me défiez peut-être de vous fournir des preuves. Vous les verrez en rentrant.... Nous arriverons as-

sez tôt.... Ralentissez le pas... Vous ne voudriez pas être impoli envers une dame qui
ne veut pas marcher vite... Faisons encore
un tour; j'ai bien des choses à vous dire...
Nous voici dans le jardin... Tenez, voilà un
endroit qui mérite votre attention : on dit
que ce petit trou fut creusé par la botte de
Napoléon, à la dernière promenade qu'il
a faite ici. Son impatience se manifestait précisément comme la vôtre en ce moment; il
faisait pivoter son pied sur le talon... Vous
m'écoutez enfin; il est temps que vous ap-
preniez le principal motif de notre visite à
Fontainebleau.

Vous n'en connaissez encore qu'un motif
accessoire, qui, je le crains, n'est pas maintenant d'un grand poids, j'aurais pu rendre votre
illusion plus douce et plus durable en conti-
nuant à jouer l'ignorance qui vous séduisit
à Paris. Mais, vous autres hommes, vous
pouvez vous partager entre plusieurs maî-
tresses; moi, je ne me partagerais pas même

avec un mari. Ce n'est pas la seule cause
pour laquelle une explication était indispensable entre nous. Ce mari, qui ne l'est
plus que de nom, car je vous l'ai sacrifié,
ce mari, que je suis prête à vous sacrifier
encore, n'a-t-il pas droit de votre part à
quelque réciproque? Il était malheureux; il
avait éprouvé la plus grande tribulation qui
puisse arriver à gens qui aiment le faste et
les plaisirs du monde; il n'avait plus d'argent, et son crédit était perdu. Après l'avoir
usé à Paris, nous étions venus le renouveler
ici : le propriétaire de la maison que nous
occupons n'ayant pu être payé de son loyer,
avait obtenu contre mon mari une contrainte
par corps qu'il a fait exécuter. C'était là le
voyage de Rome. Hier, ce matin encore, il
était en prison pour dettes. Il en est sorti
maintenant: le propriétaire avait, à ma solli-
citation, consenti à faire lever l'écrou, si
quelqu'un de solvable voulait répondre pour
lui. Votre amie, notre amie, lui a servi de

caution. Cela ajoute aux obligations que
nous lui avions déjà. Un jour nous acquit-
terons tout à la fois; mais en attendant, je
pousse la sollicitude jusqu'à vouloir lui
épargner vos reproches. Elle sait moins
vous cacher ses actions que se passer de vos
conseils. Reçue à l'improviste, cette confidence aurait pu exciter un orage; maintenant que vous êtes averti, vous vous sou-
viendrez que vous avez perdu le droit de la
gronder et de me blâmer. Sans rancune, mon
cher.... Rentrons, mais ne me regardez pas
avec ces yeux courroucés; pourquoi votre
respiration est-elle gênée, comme si vous
étouffiez des soupirs.... Soupirez ou respirez
à votre aise, mais calmez-vous, nous allons
paraître devant le monde, et un éclat n'est
ni de votre position, ni dans votre caractère.

Une volée de juremens énergiques soutenus de trois ou quatre coups d'une houssine
que je tenais à la main, donnèrent un démenti
formel à l'abominable sermonneuse. Elle fit

quelques pas pour m'échapper, je la poursuivis jusqu'au bord d'une pièce d'eau, et la prenant à bras le corps, je la soulevai de terre. J'é-
tais en fureur, mais je me serais contenté
d'une menace; elle la prit au sérieux; la ressource ordinaire des femmes, un évanouisse-
ment véritable ou joué, la sauva. La pitié me
rendit tout-à-coup honteux de la violence où
je venais de me laisser emporter. Je la dépo-
sai sur le gazon, et des soins empressés lui firent bientôt reprendre ses sens. Le premier
usage qu'elle en fit modéra les reproches de
ma conscience.

Elle était échevelée comme une héroïne
de madame de Genlis, mais elle n'en était
pas plus intéressante. Sa figure pâle, ses yeux
encore effrayés et chargés de nuages, faisaient un contraste presque hideux avec sa
bouche, dont la malice recommençait à relever les angles.

— Comment! disait-elle en faisant de fréquentes pauses, de la colère! de l'emporte-

ment! de la brutalité! c'est plus que je n'aurais attendu de toi. Mais c'est charmant ; car c'est une preuve de passion, la plus grande peut-être qu'une femme puisse recevoir. Donne-moi la main, mon cher Calixte : maintenant, c'est entre nous à la vie, à la mort. Je sens mieux que jamais combien ce serait dommage de laisser languir un homme dans le commerce d'un vieil enfant. Laisse-lui exercer les faibles qualités de son cœur; l'énergie qui fait aimer, qui fait savourer l'amour a été oubliée chez elle. Il te faut quelqu'un qui puisse te causer l'agitation où je t'ai vu tout à l'heure, quelqu'un à qui tu causes le désordre où tu viens de me jeter.

Le mépris est le sentiment que j'ai toujours su le moins déguiser. J'engageai sèchement mistress Saint-Alban à se remettre en lui rappelant que son mari l'attendait. Elle me lança un regard pénétrant, répara le désordre de sa toilette, puis, prenant mon bras, et m'entraînant à grands pas vers le château,

elle fut quelques instans sans parlér. Il lui
échappait par intervalles des éclats d'un rire
qui me semblait convulsif. Enfin quand nous
fûmes dans les rues de la ville, elle fut assez
maîtresse d'elle-même pour se borner à sourire en débitant quelques lieux communs sur
le beau temps qui régnait malgré la saison
avancée.

Le mari était effectivement de retour.
Mistress Saint-Alban l'embrassa avec une assurance de Judas, et me présenta à lui en le
priant de nous donner des nouvelles de Rome.
Il entama effrontément un long récit de la
maladie de sa mère, qui, disait-il, n'avait pas
succombé, mais avait fait un testament par
lequel elle lui assurait tous les biens reçus
du prince son mari. Il nous parla de la galerie de Florence, qu'il avait à peine eu le temps
de voir; de la neige du Mont-Cenis, qui avait
un peu ralenti la rapidité de son voyage.

Lady Graham, qui croyait n'éviter de
l'embarras qu'à elle-même, prit un prétexte

8

pour nous quitter dès les premiers mots que
m'adressa M. Saint-Alban. Elle avait promis
le secret; mais la complicité d'un mensonge
était au-dessus de ses forces. Mistress Saint-
Alban, qui paraissait fort disposée à s'amuser de la singulière position de tous les acteurs, ricanait sous cape, et m'envoyait de
temps en temps des coups d'œil d'intelligence.
Elle ne perdait pas un seul de mes mouvemens : la gravité sévère que je conservais lui
donnait du dépit. Elle trouvait mauvais que
je ne voulusse être ni dupe ni fripon. Mais
son front s'obscurcit tout-à-fait lorsque je
m'avisai de mentir à mon tour, pour mettre
fin à cette farce indécente. J'annonçai qu'une
lettre reçue de Paris dans la matinée m'obligeait à y retourner en toute hâte, et je mon-
tai chez lady Graham pour lui en apprendre
la nouvelle.

L'expérience lui profitait si peu, que,
malgré les tromperies auxquelles elle venait
de s'associer, elle ne soupçonna pas ma ruse,

et ne demanda pas à voir la prétendue lettre.
Sa première idée fut de chercher à me retenir quelques jours de plus ; la seconde, d'aller décider ses hôtes à partir tout de suite,
afin de pouvoir retourner avec moi.

J'aurais voulu partir seul, je me sentais
gêné devant elle ; mais j'aimais mieux passer
par-dessus cette répugnance et retirer tout-à-
coup ma malheureuse amie de l'indigne
société où je n'avais que trop contribué à la
jeter. Sa bourse s'était épuisée en payant les
dépenses journalières de la maison ; j'étais le
seul qui eût assez d'argent pour payer le
voyage de quatre personnes : je pouvais faire
la loi, et j'usai impitoyablement du privilége.

———

Il était tard quand nous arrivâmes à Paris :
les Saint-Alban se retirèrent chez eux, et
j'accompagnai lady Graham à son domicile.
En montant l'escalier, nous entendions con-
fusément les accès d'une gaieté loquace et

bruyante, telle qu'elle se manifeste à la fin
d'un repas. Je crus reconnaître les voix de
Rachel et de sa gouvernante ; lady Graham
m'assura qu'à neuf heures du soir toutes
deux devaient être couchées. Son erreur ne
fut pas de longue durée ; car, en entrant dans
la salle à manger, nous les trouvâmes atta-
blées avec M. Lacroix des Bouquets et son
inévitable neveu Jérémie. Jamais l'apparition
d'un hibou au milieu d'une troupe de moi-
neaux babillards n'a produit une consterna-
tion pareille à celle qu'occasiona notre arrivée inattendue. L'inaltérable politesse de
lady Graham en fut un moment déconcer-
tée. Surprise, elle gardait le silence sans embrasser sa fille, sans saluer sa société ; mais
enfin les attentions obséquieuses des deux
étrangers et les exclamations comiquement
naïves de miss Seymour mirent fin à son
trouble , ou du moins à ses signes exté-
rieurs.

— « Remettez-vous, messieurs , je vous en

prie; excusez-moi si la fatigue du voyage
m'empêche de m'asseoir à votre table. — Eh
quoi! maman, s'écria Rachel, vous n'aimez
donc plus le thé? vous vous coucherez sans
en prendre?—Ah! ce serait vraiment dommage, ajouta M. Lacroix des Bouquets en
s'apprêtant à en vider une volumineuse tasse;
je n'en ai jamais bu de meilleur.—Comment
pouvez-vous me faire une telle injure? s'écria
miss Seymour, en reprenant l'air enjoué et
sans souci qu'elle avait sans doute avant
notre arrivée; vous oubliez le thé que j'ai
fait avant-hier, et que vous avez proclamé
incomparable. Celui d'aujourd'hui est de la
façon de Rachel, et l'élève ne saurait encore
égaler la maîtresse. »

Rachel envoya à sa gouvernante un sourire dédaigneux; puis, se tournant vers sa
mère : «—Maman, j'ai voulu absolument faire
le thé aujourd'hui; j'avais un pressentiment
que vous arriveriez ce soir pour en prendre
avec nous. — Moi, j'en étais sûr, ajouta Jé-

rémie avec un officieux empressement ; mademoiselle Graham peut attester que j'ai
maintes fois témoigné cet espoir. »

Je fis en moi-même la réflexion, qu'ils
étaient assez voisins pour se communiquer
aisément leurs pensées ; et ayant levé les yeux
sur lady Graham, je la vis occupée, comme
moi, à mesurer la courte distance qui sé-
parait le siége de Jérémie d'avec celui de Rachel. Celle-ci parut deviner notre pensée ;
car elle s'éloigna de la table comme pour
tousser plus à son aise, et en s'en rapprochant, elle eut soin de ramener son siége
obliquement.

Lady Graham était redevenue sérieuse ;
la conversation languissait : Jérémie se leva
pour prendre congé d'elle, en s'excusant
d'avoir retardé son coucher. M. Lacroix des
Bouquets vida le reste de sa tasse par dessus une énorme *sandwich*, et joignit ses sa-
lutations à celles de son neveu.

Ce ne fut qu'après leur sortie que lady

Graham commença avec miss Seymour une
explication sur la façon singulière dont elle
avait en son absence administré sa maison ;
mais la conviction de la gouvernante était
imperturbable. « — Ne m'avez-vous pas re-
commandé de faire les honneurs de chez
vous ? d'ailleurs Rachel s'ennuyait à périr
pendant les deux ou trois premiers jours
que nous sommes restées seules. Heureusement ces messieurs sont venus un soir : j'ai
eu l'idée de les inviter à notre thé ; depuis ,
ils y sont venus régulièrement tous les jours,
et Rachel et moi nous avons été aussi gaies
que des alouettes. »

J'allais me permettre d'observer que les
convenances imposaient une certaine retenue en l'absence d'une mère ; mais lady
Graham , soit résignation à un mal irréparable, soit confusion de n'avoir pas fait avant
son départ les recommandations nécessaires ,
m'imposa doucement silence.

Je rentrai chez moi, en faisant de tristes ré-

flexions sur l'enchaînement des choses de ce
monde; sur la fatalité qui, comme dit un
proverbe vulgaire, faisait toujours brûler la
chandelle par les deux bouts, dans une maison pour laquelle je faisais sans cesse des plans
d'économie. Ma conscience m'adressa des
reproches amers, mon esprit rapprocha des
circonstances singulières pour en faire jaillir
de sinistres appréhensions. Je frémis en cal-
culant la responsabilité dont venait de me
charger un voyage de plaisir; et remontant
enfin jusqu'au premier anneau de la chaîne,
j'éprouvai un certain soulagement à maudire
M. Saint-Alban et ses nombreux compatriotes qui se conduisent comme lui.

—Malheureux, insensés Anglais! murmurai-je en roulant dans mon lit mes membres
harassés de fatigue; esclaves de la vanité!
voilà donc cette prudence, cette fierté dont
votre nation se pavane partout! Vous voulez
voyager en grands seigneurs, en jouer le rôle
quand vous êtes à demeure quelque part; en

parlant de vos voitures, en ayant des valets
de place à 10 fr. par jour, en entreprenant
des voyages d'Italie où de superbes héritages
vous attendent; et la seule réalité qu'il y ait
dans toutes ces fanfaronnades, c'est que vous
fuyez vos créanciers, que vous laissez vos
enfans sans pain, et à la charité de vos
amis; votre femme sans argent et exposée
aux tentatives du libertinage, qui pourra lui
en procurer.

Au moins si cette leçon fructifiait; si après
avoir senti le besoin; si après avoir lassé la
patience et épuisé la bourse de ses amis, cette
femme sentait la rougeur lui monter au
front, le repentir s'emparer de son cœur; si
elle faisait vœu de changer de conduite, de
mieux proportionner ses dépenses avec ses revenus; de détourner son imbécile mari d'une
ostentation dont personne n'est la dupe!...

Ma raison délirait d'oser concevoir de telles espérances. Le sommeil agité qui survint
avec son cortége de songes, redressa bientôt

mes jugemens erronés. Je vis cette femme,
objet tout à la fois de répulsion et d'attrait,
me poursuivre de ses regards moqueurs et
passionnés, me convier à une volupté dont
tout ce que j'avais obtenu jusqu'alors donnait à peine un avant-goût ; riant de ma
répugnance pour la volupté assaisonnée de
vice ; saisissant avidement la coupe que j'a-
vais repoussée ; et tout-à-coup prise d'une
horrible extase, me menaçant et m'invoquant
tour à tour comme une Bacchante, essayant
de me porter un coup mortel, qui, au lieu de
m'atteindre, allait frapper un innocent qui
se trouvait à mes côtés.

Mon songe s'est expliqué ce matin. J'ai
reçu une lettre de mistress Saint-Alban, un véritable ultimatum. Elle me renouvelle ses offres d'alliance, mais avec la hauteur de quelqu'un qui ne craint pas la guerre ; il y res-

pire même un esprit vindicatif qui en laisse
ouvertement percer le désir.

Mistress Saint-Alban comprend fort bien ma
situation : rassasié du laisser-aller, ennuyé
du sentiment et de la simplicité de cœur
d'une amante, un arrangement avec une maîtresse, une intrigue devrait me délecter.
Mais elle me connaît mal; elle n'a pas voulu
se donner la peine de m'étudier, n'a fait aucun frais pour gagner mon cœur, n'a pas
daigné un seul instant se couvrir du masque
de la vertu; je ne méritais pas tant de mépris.
S'il n'était ici question que d'elle et de moi,
je répondrais à l'instant pour casser les vi-
tres; une menace appelle un défi.

L'arrogante maladresse de cette femme s'est
trahie encore plus, en s'obstinant à me parler
de lady Graham; et à la traiter avec une
légèreté qu'elle seule mérite...

Posons la plume... il faut réfléchir avant
d'agir... mais au moins si je suis indécis, ce
n'est point par rapport à mon amie. Sa ri-

vale a pu un moment me croire infidèle ;
elle verra jusqu'où je porte la religion du repentir.

––––––

J'ai fait quelques plaisanteries à lady
Graham sur l'emploi de l'argent que je lui
prêtai dans le temps. Elle ne les a pas trop
mal prises : il est vrai qu'elles étaient exemptés
de mauvaise humeur. Je crois qu'avant peu
je pourrai lui découvrir le pot aux roses ;
nous nous consolerons de nos pertes, en
riant des gasconnades de M. Saint-Alban.

––––––

J'étais ce matin sous la nouvelle galerie de
la rue de Castiglione. Elle est à ma porte,
aérée, et à l'abri de la pluie ; j'y vais souvent
prendre un peu d'exercice, en attendant le
déjeûner. Je partageais ma distraction entre
les passans et l'étalage d'un libraire. J'ai vu

venir à moi une femme dont je recon-
naîtrais la tournure entre mille; c'était mistress Saint-Alban. Je ne sais pas où j'avais la
mémoire : mon œil suivait sa marche avec
une confiance tranquille, je n'accélérais ni ne
ralentissais le pas, absolument comme quand
j'avance vers une vieille et sûre connaissance,
avec qui l'on peut supprimer tout faste d'empressement.

Mistress Saint-Alban est enfin passée à mon
côté, elle m'a regardé, mais sans répondre à
mon salut, avec la contenance haute de la dignité offensée. Chose rare, elle n'avait pas
l'air honteux d'être rencontrée à pied, ni
embarrassée de sa toilette que la pluie avait
un peu endommagée.

Je suis resté un moment en place stupé-
fait, puis soudain partant au pas accéléré,
je me suis ri au nez, en me reprochant ma non-
chalance. *Dormis, Brute !* je prétends obéir à
la voix du devoir ; il y a cinquante heures
que le devoir me crie de rompre avec cette

femme! Je me flattais d'avoir de l'activité, et je me laisse gagner de vitesse par le temps! j'étais fier de l'énergie de ma volonté, et je laisse le hasard façonner les évènemens à sa place! Je n'ai pas reconnu mon chemin et cherché mes armes, que mon ennemie me tient à sa merci! Elle s'est ménagé les avantages du terrain et les honneurs du premier acte d'hostilité, en interprétant mon silence.

Au moins, puisqu'il m'est permis de prendre des consolations partout où je les trouve, l'instrument involontaire de notre rupture a pu me procurer une vengeance que le sexe de mon ennemie m'aurait interdite, si j'avais répondu à sa lettre. Elle a cru mon silence volontaire et définitif, puisqu'elle s'en est offensée; son imagination et sa conscience l'auront interprété.

Les semences jetées avant-hier ont fruc-

tifié. Lady Graham me trouvant si bien in-
struit, n'a pas eu la force d'employer d'autre
déguisement que le silence. Elle ne m'a seulement pas démenti quand je suis arrivé à
l'article de cette migraine matinale, venant si
à propos pour cacher la visite au prisonnier
et les négociations avec son créancier.

Il faut tout dire : j'avais le soin de ne toucher que quelques mots de révélation, et
d'y ajouter soudain pour commentaire un
long panégyrique des penchans par lesquels
ma pauvre amie se laisse toujours entraîner.
Cette honnête simplicité à qui il répugnerait
de puiser un soupçon dans la confidence d'une
infortune; cette pitié active toujours empressée de la soulager ; ce dévouement discret et généreux qui excède ses moyens, sans
songer même à retirer par la publicité un intérêt légal du bienfait.

Une fois le vase emmiellé, je n'ai pas eu
trop de peine à faire passer la partie la plus
amère du breuvage. J'ai rappelé l'emploi de

contrôleur de finances dont, malgré moi,
je fus solennellement investi, et il n'y a pas
eu moyen de nier que les manœuvres des
Saint-Alban eussent deux fois occasioné de
gros déficits dans le budget du trimestre.
Conclusion naturelle, il faut, pour en prévenir un troisième, fermer la porte à ces dangereux parasites.

Mais tous les scrupules de Sakontala se réveillent à l'idée des remèdes actifs. « — Rompre est un moyen sûr de perdre la créance ;
il peut y avoir du vrai dans l'histoire de la
princesse, de son testament et de son immense fortune. D'ailleurs, comment oser
faire mauvais accueil à des gens bien élevés
pour qui un affront serait sans doute un cuisant chagrin ? Comment soutenir, quand on
les insulterait, une assurance qui intimide
la maîtresse de maison qui les reçoit cordia-
lement ? »

Les réponses péremptoires à toutes ces objections, sont des lieux communs pour la

dernière ménagère. Pour mon amie elles étaient encore des secrets, qu'elle a écoutés avec curiosité et répugnance; mais ce qui l'a tranquillisée, c'est l'espoir que je lui ai donné, qu'elle n'aurait pas la peine de les mettre à exécution.

Je ne crois pas en effet que mistress Saint-Alban se soucie de venir souvent dans une maison où elle est toujours sûre de me rencontrer. En voilà assez pour qu'on ne s'étonne pas de son absence; je n'aurai pas besion d'ajouter grand'chose pour qu'on ne la regrette pas.

La condescendance de Sakontala m'enchante comme si elle m'avait surpris. Depuis quelque temps je ne lui ai rien demandé; mais ma conduite était de nature à ce que rien ne me fût refusé. Pendant mon infidélité, je m'étais relâché de la franchise qui,

9

jusqu'alors avait impitoyablement censuré ses actions. Juge coupable, je ne pouvais plus être sévère; j'étais descendu du haut de la rudesse qu'avait jusqu'alors excusée à mes propres yeux le sentiment de mon innocence et d'un dévouement sans partage. La justice m'avait fait indulgent, l'intérêt devait me rendre flatteur. Un retour aux attentions et aux égards anciennement négligés avait fermé la porte aux soupçons.

Grâce à cette honnête perfidie, Sakontala n'avait jamais été plus contente de moi. Maintenant que je me réhabilite dans ma propre estime, je regrette parfois que mon amie ne puisse pas me rendre une entière justice. Vingt fois j'ai été prêt à tomber à ses pieds pour m'accuser : et toujours les capitulations humaines sont venues me retenir et détourner l'impulsion première de la conscience dans une sensibilité que mon amie ne peut comprendre qu'à demi. Heureuse et malheureuse tout à la fois d'ignorer ma

faute et de ne pas jouir de sa clémence et de
mon repentir.

Pour elle une réconciliation est toujours
une lune de miel; ses sentimens toujours
purs conservent une énergie naïve, à l'é-
preuve du temps et de l'habitude Hélas!
moi, je n'ai pas le même privilége. Peut-être
n'est-ce entre nous qu'une différence de sexe :

Une fois en proie à la fièvre amoureuse,
l'homme ne sait s'arrêter qu'à la catastrophe
naturelle qui en modère l'impétuosité. La
femme a plus de pouvoir, sans doute parce
qu'elle évite la pente rapide de la sensualité.
L'ivresse de l'âme suit des sentiers sinueux
et fait des stations fréquentes.

Sakontala n'a jamais laissé dégénérer en
priviléges les faveurs qu'elle avait accordées
à la passion. Maîtresse de sa raison, elle eût
toujours refusé ce qui n'aurait pas été ré-
clamé par la tendresse : l'entraînement seul
pouvait sanctifier la volupté. Capable, à tout
autre moment, de la plus entière abnégation

de soi-même, elle trouvait assez de fierté
pour ne pas vouloir servir de passe-temps, et
sa pudeur lui fit toujours avoir le libertinage
en horreur.

. Chez l'homme, avec l'ardeur et la fierté de
la jeunesse, avec sa facilité à voir ses désirs
s'accroître par les obstacles, les refus trop
fréquens peuvent amener le refroidissement
après le dépit. Plus d'une fois, dans des jours
d'une moindre sévérité, l'un et l'autre furent causés par une fausse interprétation des
bienséances de la société. Le temps et les
lieux étaient si mal choisis pour le mystère,
que nous risquions le scandale en voulant
éviter le soupçon.

Mais une fois éloigné de mon amie, et plus
encore le lendemain, je n'apercevais plus
que le côté séduisant du refus ou de la dure
condition qui avait accompagné la faveur.
Mon amour devenait plus vif, plus durable,
par cela même qui aurait dû l'affaiblir ou
l'éteindre.

Si j'étais entièrement délivré des souvenirs de Fontainebleau , je pourrais dire qu'aujourd'hui aucune pénible compensation n'est
venue troubler mon bonheur. Pour moi
aussi la réconciliation a été une lune de
miel.

J'avais passé la plus grande partie de la
matinée à visiter avec Sakontala la belle galerie du duc d'A. Le hasard m'a fait revenir
seul après dîner dans la même maison. Les
beaux-arts et particulièrement la peinture
exercent sur mon âme une puissance profonde et complexe. J'en jouis toujours ; mais
j'en jouis autrement, selon que je les vois
au jour ou à la lumière artificielle , selon que
je suis seul ou accompagné, à jeun ou
repu.

Dans ces tableaux où j'avais admiré, le
matin, des nudités si chastes, des figures
agitées par des passions si nobles ou si terribles, des paysages si purs, je n'ai trouvé
ce soir que bocages mystérieux , formes sé-

duisantes, gestes voluptueux et sourires
d'amour.

Sakontala n'était pas encore rentrée quand
je suis arrivé chez elle. En l'attendant, mon
imagination a pu continuer la série des impressions qui l'avaient ébranlée dans cette
soirée. En face de deux lampes garnies de
globes en verre dépoli, se trouvait un portrait que j'avais perdu l'habitude de remarquer, mais qui recevait un charme tout nouveau de la manière suave et harmonieuse
dont il était éclairé. Un artiste anglais, dont
le hardi et moelleux pinceau a fait à Calcutta
une grande fortune, représenta sur cette
toile Sakontala, telle qu'il la vit un an après
son mariage. J'ai entendu assurer que le
costume était entièrement vrai. J'aurais juré
qu'il avait été inventé par le génie de l'artiste
pour assortir la physionomie qu'il avait à
reproduire. C'est celui d'une princesse asiatique, et jamais figure n'idéalisa plus complètement le caractère d'une femme de ce

pays. Ces yeux si noirs, ce teint si piquant,
ces sourcils si prononcés, et out cela n'ex-
primant pourtant qu'une mélancolie douce
et caressante. Bizarre éducation de l'Asie,
qui condamne au sommeil les passions et
l'esprit pour ne réveiller que l'amour ! Encore est-ce à la condition de ne partager
qu'imparfaitement le plaisir qu'il donnera....

Mais peu à peu, soit illusion de l'on-
doyante lumière, soit hallucination d'une
longue et solitaire contemplation, je vois des
connaissances et des sentimens nouveaux
ennoblir l'expression de cette charmante figure. Son instruction a été rapide, car l'inquiétude a pâli ses joues et assombri son
front. Mais quoi! ses yeux fixés sur moi ne
roulent-ils point des larmes !... Sa gorge n'est-
elle pas oppressée de sanglots!... Sa jalousie
ne va-t-elle pas m'adresser de trop justes reproches !... Ah! pardonne, chère amie... je
n'ai jamais aimé que toi.... toujours toi!....
toi pour la vie !.... Et joignant le geste à la

parole, je m'étais élancé vers le portrait et
agenouillé sur un sofa au-dessus duquel il
se trouvait placé. Une sensation nouvelle vint
arrêter mon somnambulisme.

Sakontala était entrée sans que je l'eusse
entendue. Familière à mes distractions, elle
avait un moment écouté mon monologue, et
ses bras s'étaient enlacés à mon cou, quand
elle avait compris que je m'adressais à l'original du tableau. Je ne l'avais jamais trouvée
si semblable à son portrait : coiffée d'un turban, drapée dans un cachemire; le cou et
les bras chargés de cette profusion d'ornemens que la France semble aujourd'hui dis-
puter à l'Asie. C'était aussi la physionomie
indienne; mais embellie par le malheur,
l'expérience et l'amour.

J'aurais pu croire, en étant ainsi surpris
par elle, que la toile venait de s'animer et
de descendre du cadre, comme les chroni-
ques merveilleuses des châteaux gothiques
nous le représentent si souvent. Mais que

dis-je? ces visions apparaissaient pour causer
la terreur! tandis que celle-ci... Oh! ce fut
plutôt Galathée s'animant pour répondre à
l'amour de Pygmalion!...

J'ai été témoin ce matin d'une des scènes
les plus vives qu'enfant gâté puisse faire à
sa mère. Pendant notre séjour à Fontainebleau, Rachel avait pris l'habitude d'aller
faire tous les matins un tour de Tuileries
avec miss Seymour. Le temps, qui, malgré la
saison, s'était maintenu doux et serein, est devenu froid et sombre. Lady Graham, qui se
chaufferait même en été, veut absolument
faire partager à sa fille sa défiance des climats septentrionaux, et hier elle lui a refusé
la permission de sortir. Rachel a boudé toute
la journée, et n'a presque rien mangé à ses
repas : ce sont ses armes d'escarmouche.
Mais aujourd'hui sa langue s'est déliée, quand

un nouveau refus a répondu à une nouvelle
demande. Elle a accusé sa mère de dureté et
d'indifférence; lui a reproché de l'avoir oubliée à la ville, tandis qu'elle-même allait pour
son plaisir à la campagne. Elle a déclaré que
depuis long-temps elle était sujette à des accès
de mélancolie qui ne s'étaient calmés que
depuis qu'elle avait pris l'habitude de l'exercice au grand air; déjà elle souffrait de son
interruption; sa mère aurait à se reprocher
sa mort; et pour ajouter plus de vraisem-
blance à ses paroles, elle a trépigné, mis en
pièces un bonnet de gaze qui retenait ses
cheveux, pleuré à chaudes larmes, sangloté,
et finalement s'est laissé tomber sur un fau-
teuil dans une véritable attaque de nerfs.

Lady Graham, qui d'abord avait fait assez
bonne contenance aux attaques de sa fille, a
été plus agitée qu'elle en la voyant sérieusement affligée; mais son alarme a été presque
jusqu'à la folie quand elle l'a vue maláde.
Elle a appelé tous ses domestiques, a pro-

digué à Rachel les caresses et les secours les
plus tendres; et dès qu'ils sont parvenus à la
rappeler à la vie, elle s'est jetée à ses pieds,
lui a demandé mille fois pardon, a juré de ne
plus rien lui refuser, et fait des vœux pour
qu'elle fût assez bien rétablie demain pour
reprendre ses promenades matinales.

***

J'avais beaucoup trop espéré des Saint-
Alban, ils osent encore se montrer, et l'embarras est la seule arme avec laquelle lady
Graham essaie de les repousser. Le mari est
venu plusieurs fois le soir, et n'a pas re-
noncé à m'entretenir de son voyage de
Rome. J'ai beau ne pas l'écouter, lui tourner le dos, changer de conversation, le prier
de parler tout haut pour que la maîtresse de
la maison jouisse de ses récits: il m'a fallu
endurer des anecdotes des Ganganelli et de
Rospigliosi, qu'il prend sans doute pour des

cardinaux vivans. Ses anachronismes ont été un peu moindres quand il m'a dit confiden-tiellement que sa mère avait obtenu pour lui la décoration de l'éperon d'or , et que s'il eût voulu changer de religion, elle lui aurait fait obtenir pour une misère le titre de marquis romain.

Sa digne femme n'est venue qu'une fois avec lui: je ne me suis pas aperçu que ma présence ait gêné le moins du monde sa gaieté et sa causticité. Cependant je ne vou-drais pas assurer que le diable n'y perdit rien, car elle n'a paru le soir qu'une seule fois , tandis qu'elle est venue souvent à des heures du jour où elle est sûre de ne jamais me ren-contrer.

Elle s'est fait plusieurs fois accompagner par M. Jérémie. Quelqu'un qui va chez M. La-croix des Bouquets m'assure que depuis quel-ques jours elle y est venue presque tous les soirs. A la bonne heure... voilà enfin que son in-stinct la sert convenablement! Où diable une

intrigante a-t-elle pu trouver de la sympa-
'thie pour un sauvage comme moi! là au
moins elle sera avec des chevaliers d'indus-
trie. D'ailleurs Jérémie est un beau brun,
et puisqu'il lui faut de l'amour assaisonné de
coups de cravache, elle ne pouvait mieux
s'adresser qu'à un créole accoutumé à fouet-
ter des nègres.

Lady Graham avait échangé quelques cartes de visite avec une dame anglaise qu'elle
avait connue de figure à Londres. Cet assaut
de politesse se termina par une visite que
mistress Smith (c'est le nom de la dame)
vint faire en personne pour inviter lady
Graham à une soirée qu'elle devait donner.

Je connaissais un peu mistress Smith avant
cette époque. L'hiver dernier je m'étais quelquefois laissé conduire à ses soirées par des
amis qu'elle avait chargé de lui amener des

danseurs et des joueurs d'écarté. Quoique
n'étant pas de la première jeunesse, mistress
Smith est une belle femme, encore éclatante
de fraîcheur et de beauté ; elle est d'une coquetterie décente, mais universelle. On s'a-
muse beaucoup chez elle quand on n'y perd
pas son argent; ajoutez qu'elle demeure à ma
porte, et que je puis en toute saison arriver
chez elle à pied sec.

Ma critique n'avait pas encore pensé à s'exercer sur cette maison : un garçon n'est pas si
difficile. Mais, ce matin, après être allé la
remercier d'une invitation qu'elle m'avait en-
voyée, et lui avoir promis de m'y rendre, je
me suis souvenu tout-à-coup que cette soirée est précisément la même à laquelle se
trouve depuis long-temps invitée lady Graham. Mille scrupules vagues se sont à l'instant élevés dans mon esprit. Soit fierté de
caractère, soit peut-être de sentiment, mes
relations avec lady Graham n'ont jamais été
séparées du respect. Partout où elle doit être

vue près de moi, je voudrais qu'elle fût traitée comme ma sœur ou comme ma mère.
Scrupuleux (scrupules malheureux) sur le
choix des personnes qu'elle reçoit, je dois
l'être à plus forte raison sur le choix de celles
qu'elle visite. Qu'est madame Smith? cette
femme dont je ne connais encore que les ap-
parences, qu'est-elle en réalité? Voilà la question que je me répète avec inquiétude; et,
maintenant qu'ils sont évoqués par le soupçon, mes souvenirs ne lui font que des reproches peu satisfaisans.

Une chose me frappe avant tout. Sa société
est presque exclusivement composée d'hommes, et tous ceux que je connais sont garçons ou séparés de leurs femmes. Des ar-
tistes, quelques littérateurs obscurs, quelques
grands seigneurs en demi-solde, beaucoup
d'aigrefins et d'hommes de plaisir. Toutes les
femmes françaises sont suspectes : les étran-
gères valent mieux sans doute; mais ne connaissant pas le pavé de Paris, elles pourraient

bien avoir posé leur pied sur un bourbier.

Le hasard me fait rencontrer sur le bou-
levard un des amis qui m'ont présenté dans
cette maison. S'il me donne quelques renseignemens, j'y peux avoir toute confiance.
M. de Bréville est le Caton des petits-maî-
tres. Possesseur d'une honnête fortune, il
économise tous les ans le quart de son revenu. Au lieu d'être avantageux et sceptique,
il est presque modeste pour lui-même et
donne un peu dans le genre admiratif pour
autrui. L'étude occupe quelques momens de
sa journée; enfin jamais personne n'a pensé
si profondément et si juste dans l'essaim
nombreux et léger des prêtres de la mode.

J'entame brusquement la conversation sur
le sujet qui m'occupe.

— Comment, mon cher, dit-il en rougissant et souriant tout à la fois; vous, dis-
ciple de La Bruyère et de Larochefoucauld,
être si lent à juger une femme! où donc est
votre odorat? je vous croyais meilleur chien

de chasse!—Il y a donc du gibier à éventer?
— Eh! eh! pas précisément , mais.... —
Parlez donc, qu'est madame Smith? — Une
très belle femme, ma parole d'honneur; parlant à merveille le français pour une étrangère; pas trop d'esprit, si vous voulez, mais
les Anglais en ont rarement quand ils ne
parlent pas leur langue. — Mais enfin elle
est veuve et riche ; pourquoi ne se marie-
t-elle pas? — *O stulte stultorum !* Est-ce que
vous voudriez l'épouser, par hasard? Ah!
ah! en conscience, je suis obligé de vous dire
qu'elle n'a pour fortune réelle que cent
louis de pension, comme veuve d'un major
anglais. — Diable! et son appartement lui
coûte au moins six mille francs : je commence
à comprendre... — Et oui! ouvrez enfin les
yeux, philosophe endormi. Vous avez été,
comme tant d'autres , pris à une élégance de
manières pour laquelle la nature a plus fait
que l'éducation. Il ne lui échappe jamais un
geste ni un mot déplacés; elle change de do-

mestiques et de logement aussitôt qu'elle a
quelque raison de craindre ses secrets éven-
tés. Cette tenue fait d'autant plus d'effet,
qu'à Paris nous sommes fort indulgens pour
les étrangers. Vous autres anglomanes, qui
baragouinez l'anglais, vous poussez cette indulgence jusqu'à l'adoration. Je ne m'étonne
pas que vous vous soyez épris de la dame... mais
j'espère que vous n'avez qu'une passion sans
conséquence... A la bonne heure, allez votre train... Je puis vous prédire du succès.
Le destin de madame Smith est singulier :
toutes les passions qu'elle a faites sont parmi
des émigrés qui ont habité l'Angleterre ; mais,
pour le coup, monsieur l'émigré de 1815,
vous avez sur vos prédécesseurs un incontes-
table avantage, celui de la jeunesse.... Par
exemple, sous le rapport de l'argent, je ne
vous crois pas de force à payer des appartemens de six mille francs. — Bien obligé
mon cher Bréville, n'ayez pas trop mauvaise opinion de mon innocence. — Un mo-

ment : il faut au moins que vous connaissiez
vos prédécesseurs. Un prétendant doit savoir
qui l'a devancé sur le trône auquel il vise.
— Non, non, je n'ai pas d'ambition. Adieu.»

Je partais ; il me retint par une boutonnière de mon habit. « — Figurez-vous, mon
cher Calixte , que la voix publique a fait des
calembours sur les amans de madame Smith.
Elle a eu d'abord le comte d'A., puis le fi-
nancier R. ; et enfin le titulaire actuel est le
le général T. , ancien aide-de-camp de l'empereur. La maison de madame Smith s'appelle
la cour des aides, comptes et finances.

Bréville me laissa enfin partir : nous nous
éloignâmes précipitamment, lui enchanté
d'avoir placé un jeu de mots dont il était
peut-être le père, et moi agité par la découverte que je venais de faire, et par l'impatience de la rendre utile à lady Graham.

Tous mes efforts ont été inutiles. Le faux

jugement est un mal incurable : mais, cette
fois, il était bien p`s grand que je n'avais
cru. Pour elle-même, lady Graham tient très
peu à aller chez madame Smith ; mais elle
s'obstine à y mene sa fille. C'est, dit-elle,
une promesse soli nellement faite à Rachel.
Je ne sais ce qu'il y a de plus déplorable, de
la légèreté avec laquelle elle prend des engagemens, ou du superstitieux scrupule avec
lequel elle les accomplit. J'ai pensé éclater
de rire quand, après m'avoir traité d'esprit
soupçonneux, dénigrant, calomniateur, elle
m'a déclaré que le seul motif qui me fît agir
dans cette circonstance, était de me dispen-
ser de l'accompagner chez madame Smith. Sa
conviction n'a pas été ébranlée lorsque je l'ai
assurée que puisqu'elle était décidée à y paraître, je désirais vivement m'y trouver avec
elle. Au fait, quand on me verra auprès de
lady Graham, cela n'apprendra rien que l'on
ne sache depuis trop long-temps. Madame
Smith et ses pareilles ont une habileté mer-

veilleuse pour flairer les gens en fausse position. Au moins, dans cette forêt, l'œil d'un
chien vigilant et dévoué, tiendra en respect
les animaux dangereux, protègera l'agneau
contre son inexpérience, et la brebis contre
sa bonté.

Quand je me trouve chez Sakontala un
jour de réception, j'espère qu'elle me né-
gligera pour s'occuper exclusivement des
étrangers. Dans une maison tierce, j'espère
qu'elle ne me rendra pas avec trop d'usure
les attentions qu'elle est en droit d'attendre de moi. Mais partout ma maudite fortune veut qu'elle trouve ou que je lui
fournisse des occasions de renverser mes
calculs.

Dans un lieu où tout ce qui est domicilié à
Paris m'était suspect, les oiseaux de passage
devaient être mes alliés naturels. Mes premiers et mes principaux soins ont donc été
de grouper autour de mes deux Indiennes
assez de dames anglaises pour alimenter la

conversation d a mère, et de *gentlemen*
pour fournir des danseurs à Rachel. Alors,
j'ai cru pouvoir aller me cacher parmi les
joueurs d'écarté jusqu'à l'heure de la retraite. Mais la première fois que j'ai tiré ma
bourse pour parier, ou que je me suis assis
pour tenir les cartes, lady Graham s'est trouvée à point à mes côtés, pour contrôler ma
mise ou pour me conseiller.

Je joue rarement, car je crains le jeu : et
je le crains parce que je l'aime; mais quand
je joue l'écarté, je ne puis plier mon esprit à
en calculer les chances. Hasarder flatte davantage l'espérance. Si je perds, je vais toujours grossissant mes mises, pour être sur le
point de réparer d'un coup toutes les pertes
antérieures. C'est un aveuglement, mais il
provient d'une passion qui me plaît parce
qu'elle est croissante et saccadée. Jouer sage-
ment me laisserait froid et ennuyé. Les chances de ce jeu ne me semblent pas dignes de
la force d'attention qu'elles exigent pour être

appréciées. Jouer avec calcul est un rôle insignifiant et passif : on est presque spectateur du mouvement des cartes. Par amour-propre autant que par besoin d'émotion, je veux être acteur.

Dieu sait comme dans ces momens de violence et d'emportement j'ai repoussé la main charitable qui voulait arrêter la perte de mon or; comme je suis entré en fureur contre les avis de sagesse et de retenue que Sakontala s'acharnait à me donner devant tout le monde.

Un moment avant de partir, je cherchais Rachel dans la foule. Lady Graham m'a conduit dans un coin retiré où elle l'avait laissée sous la garde de M. Jérémie. Quand nous sommes arrivés près d'eux, le mouvement de leurs lèvres annonçait une conversation très animée, quoique l'impassibilité du reste de leur figure et leurs regards indifférens parussent annoncer le silence. Certes voilà un cavalier, un protecteur sur lequel nous n'avions pas compté. Il est tout simple que Rachel l'ait préféré au Français qui la négligeait, et même aux Anglais qui l'ont choyée. Mais pourtant il est assez singulier que Jérémie se trouve à point nommé partout où va Rachel. Cette idée mérite un sérieux examen.... je verrai...

————

J'ai vu... Les promenades matinales m'avaient dès long-temps paru suspectes; la soirée d'hier m'a fait enfin accueillir les soupçons.

Je me suis acheminé vers les Tuileries, entre dix et onze heures, et j'ai aperçu Rachel, arpentant la terrasse du Bord de l'Eau. Sa gouvernante l'accompagnait; mais elles ne sont pas restées long-temps seules : Jérémie est arrivé par l'escalier d'Ariadne, et, après un échange de politesses, s'est mis à marcher avec elles.

On venait de mon côté ; j'aurais pu être

reconnu malgré l'ample carrick qui m'enveloppait jusqu'au bout du nez, et un espion est gêné quand il est surpris. Il a donc fallu faire retraite. J'étais devant la grille de la rue Neuve-de-Luxembourg, incertain du parti que je devais tirer de ma découverte, quand un cabriolet vide est passé ; je ne me suis pas laissé inviter deux fois par le cocher, j'y suis monté, et me suis fait conduire chez lady Graham.

« — Quoi ! c'est vous, si matin ! à quel hasard dois-je attribuer votre visite ? — Le temps est superbe malgré la gelée ; le jardin des Tuileries est charmant ; je viens vous proposer d'y faire un tour. — C'est de trop bonne heure, et puis je crains les rhumes. — Tout le monde n'est pas aussi susceptible dans votre famille, dans votre maison. — Il est vrai, ma fille est déjà sortie avec sa gouvernante ; mais elles ne tarderont pas à rentrer. — Je parie qu'elles seront plus longtemps que vous ne croyez... Tenez, nous

aurions le temps d'aller les joindre. — Y
pensez-vous? il y a une demi-lieue d'ici aux
Tuileries, ma voiture n'est pas prête, et je
marche si doucement!—J'ai un cabriolet à la
porte. — Que signifie cette précaution? —
Ce qu'elle signifie!.. « Et alors laissant faire
explosion à une inquiétude que je ne pouvais plus retenir, j'ai déclaré ce que je venais
de voir, ce que je craignais ; et j'ai entraîné
mon amie, pour la rendre témoin de l'étrange
manière dont on abusait de sa confiance...

(Continué deux jours après.)

Je faisais de tristes réflexions en maudis-
sant les faux pas que notre cheval faisait sur
le pavé desséché par la gelée. Sakontala les
interrompit pour essayer une apologie de la
conduite de sa fille. « — Il n'y a pas de mal à
se voir dans un lieu public, surtout la gouvernante étant présente. D'ailleurs, qui sait?
c'est peut-être la première fois qu'elles
ont vu M. Jérémie... ce qui vous a tant

courroucé pourrait bien n'être qu'une ren-
contre. — Tenez, voilà la preuve que c'était
un rendez-vous, » ai-je répondu en saisissant
les rênes pour faire tourner le cabriolet.

Nous étions arrivés sur la place Louis XV,
et le cocher s'apprêtait à nous descendre près
de la grande grille des Tuileries ; mais la société que nous poursuivions venait d'en
sortir ; elle s'était grossie d'un homme qui
s'était emparé de miss Seymour. Rachel
donnait le bras à M. Jérémie ; je les ai
aperçus entrant dans les Champs-Élysées, et
j'ai donné au cocher l'ordre de nous conduire
de ce côté.

Lady Graham voulait mettre pied à terre,
ou appeler ; c'eût été se trahir avant d'être
suffisamment instruits des intentions des
promeneurs. Ils marchaient dans la contre-
allée de droite, nous les suivions parallèlement, et à peu de distance, dans le chemin
du milieu.

Mais il n'a pas tardé à arriver ce commen-

cement d'exécution indispensable pour convaincre lady Graham, et après lequel il était
urgent d'intervenir. Le nouveau-venu, que
nous avons reconnu pour être M. Lacroix
des Bouquets, marchait en avant avec miss
Seymour ; ils se sont approchés d'une laiterie
dont ils paraissaient considérer attentive-
ment les dehors, et derrière laquelle ils ont
bientôt disparu. Pendant que l'oncle occu-
pait ainsi la surveillante incommode, le neveu est entré avec Rachel dans la maison.

L'inquiétude de lady Graham était portée
jusqu'à l'indignation ; elle a sauté plutôt
qu'elle n'est descendue du cabriolet pour
courir vers sa fille...

Hélas! mon amie apprenait chaque jour
par mes leçons et par sa propre expérience
à déchiffrer les euphémismes du langage
social ; elle avait frémi en lisant sur l'enseigne quelques mots qui formaient un singulier commentaire de ce titre innocent de
Laiterie Suisse ; elle se crut favorisée du ciel

et rendit grâces à Dieu , en arrivant assez
tôt pour arracher sa fille au séducteur qui
l'entraînait vers l'escalier d'un *cabinet particulier*. J'ignore quelle contenance firent
Rachel et Jérémie en se voyant surpris par
un tel témoin! Miss Seymour et M. Lacroix
achevaient le tour de la laiterie , et furent
rencontrés par Sakontala , au moment où
elle en sortait avec sa fille. Miss Seymour, qui
était le niais de la troupe , ne pouvait s'expliquer la présence et l'agitation de lady
Graham. Son cavalier, plus intelligent qu'elle,
recourut tout de suite aux protestations par
lesquelles l'effronterie espère nier un guet-
apens flagrant. Resté à l'écart dans cette
scène de famille , je regrettai de ne pas entendre les paroles dont les gestes que j'a-
percevais étaient l'accompagnement; mais
j'en vis assez pour juger que la sollicitude
maternelle avait monté le caractère de lady
Graham au ton de la circonstance. Elle ne
répondit rien à M. Lacroix des Bouquets ,

fit à miss Seymour une réponse brève et
dédaigneuse, se détourna avec hauteur de
M. Jérémie, qui lui barrait le chemin en se
prosternant à ses pieds; elle arriva près du
cabriolet en courant et tenant toujours le
bras de sa fille, qui, de sa main libre, cachait
sa honte et ses pleurs. — Miss Seymour
reviendra comme elle pourra, murmura-
t-elle en s'appuyant sur mon bras pour
monter dans le cabriolet, après y avoir fait
placer sa fille; et le cabriolet partit au galop.

Je restai quelque temps immobile, suivant
des yeux le cheval, et mon inquiétude s'augmentant chaque fois qu'il bronchait.

Miss Seymour m'ayant aperçu, accourut
pour me demander des explications sur l'incompréhensible conduite de lady Graham;
et assurément elle était innocente, si ce mot
est synonyme d'ignorant et d'imprévoyant.
M. Lacroix s'unissait à toutes ses protestations, mais sans doute il ne les croyait
pas suffisamment convaincantes, car il les

appuyait d'apologies et d'explications. —
« C'est un procédé bien étrange; après nous
avoir confié sa fille, venir ainsi nous l'enlever avec éclat; et cela, au moment où je
tourne le dos; comme si elle risquait quelque
chose avec sa gouvernante, en plein midi,
avec nous, avec moi, l'ami particulier de sa
mère, sa plus ancienne connaissance dans
Paris, un homme d'honneur, admis à sa
plus intime confiance.... Certainement il y
a du malentendu... Venez, mademoiselle,
allons chez madame Graham, pour tirer
cette affaire au clair. Votre honneur et le
mien y sont trop intéressés; une réparation
nous est due, nous l'obtiendrons....»

Je restai seul avec Jérémie. Il avait gardé
une attitude froide pendant que son oncle
et miss Seymour m'adressaient la parole. Il
méprisait l'esprit et le caractère de gens qui
avaient la bonhomie de prendre pour juge
un principal intéressé, une véritable partie
adverse. Il connaissait lady Graham: c'en

était assez pour conclure que j'étais le principal moteur dans une affaire où elle venait
de déployer de la présence d'esprit et de l'é-
nergie. La circonspection un moment oubliée devant une mère offensée fut bientôt
reconquise; le dépit de voir ses plans dé-
joués, la rage de se voir reconnu pour malhonnête homme et malhabile calculateur,
il sut les contenir dans le silence; parfois
même il réussit à rendre moqueurs les regards sombres et féroces qu'il attachait
sur moi, en attendant son tour d'explication.

« — Monsieur, me dit-il enfin en s'avan-
çant comme pour me frapper sur l'épaule,
mon oncle a soixante ans; miss Seymour est
une femme; ils demandent justice. Moi, je
suis les influences de mon âge et de mon
sexe, je veux et je saurai me la faire. »

J'aurais eu quelque chose de satisfaisant à
dire, que la fierté ne le permettait plus après
un pareil début. Je regardai Jérémie avec une

attention méprisante : mon impassibilité le piqua.

Il voulait absolument m'arracher des paroles, il quitta un moment l'arrogance du défi pour m'entraîner sur le terrain neutre du raisonnement.

« —Votre présence ici, n'est pas l'effet du hasard; elle se rattache aux soupçons qui ont amené l'éclat de lady Graham. Que les soupçons soient fondés ou non, vous n'avez pas calculé jusqu'où va la responsabilité que vous avez assumée. Si cette affaire fait du bruit, vous aurez compromis, sans le vouloir, la réputation de deux femmes. Au moins l'une a sa jeunesse pour excuser sa faute, et pour perspective une honorable réparation... Mais l'autre... »

Un frémissement involontaire laissa voir à Jérémie qu'il avait mis le doigt sur la plaie secrète de mon cœur. Le mécanicien qui, ayant long-temps roulé entre ses doigts une machine dont la composition lui était incon-

nue, réussit enfin à en faire jouer le grand
ressort, ne laisse pas plus naïvement éclater
sa satisfaction que ne le fit mon interlocuteur
en voyant s'échapper de ma bouche ce flot
de paroles violentes :

« — Le malfaiteur, flétri par un arrêt, croit
se justifier en proclamant que tout le genre
humain a mérité le carcan ou la corde. Cette
vulgaire et méprisable manière de se défendre en faisant planer sur autrui d'odieuses ac-
cusations, est-elle digne d'un homme d'honneur? » Un ricanement fit totalement passer
du côté de Jérémie les avantages de la logique, en changeant mon indignation en colère.

« — Il faut que vous connaissiez bien
peu les exigences du public, et que vous
me preniez pour un grand niais, pour espérer nous payer avec cette monnaie sentimen-
tale! Tenez, mon cher monsieur, je vous
parle franchement, la mère n'a rien à reprocher à sa fille. S'il arrivait malheur à miss
Rachel, cela ne surprendrait personne... De

race, le chien chasse... En pareil cas, au
lieu de faire du tapage , milady ferait mieux
de ménager l'homme qui aurait pensé à devenir son gendre.

» — Oui, répliquai-je vivement, et il faudrait que sa longanimité consentît à reconnaître cette pure intention dans des manœuvres
ténébreuses de séduction et d'enlèvement. »
Que de fois il m'est arrivé à la réflexion
de me reprocher d'avoir parlé quand il ne
restait plus d'autre ressource que d'agir ou
de s'envelopper du manteau de la fatalité.

Une fois échappé à prêcher la morale , les
monosyllabes, les hochemens de tête, les
parenthèses dont Jérémie accompagna mon
sermon, me rendirent le terrain de plus en
plus difficile ; les bonnes raisons épuisées
ou obscurcies par la passion, je me laissai
emporter aux injures , et les injures amenè-
rent un duel.

C'était bien là ce que voulait Jérémie, et
ce que j'aurais dû lui accorder en termes

plus laconiques. Mais il trouva doublement
son compte à m'y mener par des chemins de
traverse; quelque décidé qu'on soit à en venir aux hostilités, encore aime-t-on à mettre
de son côté une apparence de justice. C'est
un manifeste qu'on publie avant de commencer une guerre injuste. Ensuite, Jérémie,
duelliste de profession, savait par expérience que le bras d'un homme qui vient de
se mettre en colère perd beaucoup de son
immobilité. Nous nous sommes battus au
pistolet; il n'a pas été blessé; et moi j'ai
reçu une balle sur la poitrine. Une côte s'est
trouvée à propos pour la ricocher; une ligne
plus bas ou plus haut, j'étais raide mort.
Que de triomphes dans un jour pour M. Jérémie! Si au moins cette leçon pouvait me
corriger de la manie de me faire redresseur
de torts!...

Il fallait éviter des alarmes à Sakontala;
lui cacher tout-à-fait mon accident s'il était
possible. Je me rendis chez elle après qu'un

premier appareil eut été mis sur ma blessure. Hélas! ma sollicitude était superflue.
Toutes les facultés de mon amie étaient ab-
sorbées par un malheur qui avait déchiré
son cœur maternel.

Tout était en désordre dans la maison ;
les domestiques se croisaient portant des fla-
cons d'odeur et des linges sanglans. L'un
d'eux m'apprit que le cabriolet qui recon-
duisait les dames s'était abattu ; que Rachel,
lancée par-dessus le tablier, s'était fendu le
crâne sur le pavé, et que Sakontala, qui n'a-
vait pas été blessée, était en proie à des éva-
nouissemens toujours renaissans en s'obstinant à rester auprès du lit de sa fille.

Mes jambes chancelèrent, et un nuage me
couvrit les yeux quand j'entrai dans la chambre. Je me soutins en m'appuyant sur le chevet du lit. La figure de Rachel était méconnaissable : elle était enflée d'un côté, au
point que l'œil avait disparu ; sa tête était
enveloppée de linges au travers desquels le

sang coulait encore; une tresse de cheveux noirs s'échappait du sommet. On eût dit de la tête d'un jeune Mamelouk, belle encore, quoique défigurée par des blessures qui ont souillé et dérangé la blanche mousseline du turban.

Sakontala, la figure appuyée sur le bord du lit, tenait une main de sa fille. Elle n'avait pas paru remarquer le bruit de mes pas; elle entendit un soupir que la pitié m'arracha, plus encore que les élancemens de ma blessure. Vivant exclusivement pour la douleur, ses sens ne recueillaient que les impressions de cette famille. Elle leva sur moi des yeux hagards : « — Tenez, me dit-elle, contemplez votre ouvrage ! » Elle se mit à sangloter, et ses yeux, restés secs jusqu'alors, se remplirent de larmes. Ce reproche paraissait la soulager, je ne l'interrompis point...

« Vous le voyez; j'ai tué ma fille!—Tué votre fille ! répétai-je le cœur navré. — Oui, continua-t-elle, et c'est vous qui m'avez con-

duit la main !.» Un mouvement convulsif l'empêcha d'en dire davantage; le frisson de la
fièvre fit claquer ses dents, ses yeux se fer-
mèrent, ses membres se raidirent ; elle tomba
dans une attaque plus forte que toutes celles
qu'elle avait éprouvées jusqu'alors. J'essayai
d'un bras défaillant d'aider la femme de
chambre qui lui donnait des secours; une
parole qu'elle me glissa à propos me fit comprendre que je ferais plus de bien à mon
amie en n'attendant pas qu'elle revînt à elle-
même. « — Madame n'a cessé de vous accuser du malheur de sa fille. C'est toujours avec
votre nom à la bouche qu'elle s'évanouit. »
J'obéis à ce conseil, il était temps. Les assauts répétés de cette journée avaient épuisé
mes forces, et quand j'arrivai chez moi, il
fallut qu'on me transportât de la voiture
jusqu'au lit...

Quelle terrible punition de notre faiblesse!
Mon amie est-elle donc destinée à souffrir
dans tout ce qu'elle aime, dans tout ce qui

lui appartient, et cela par suite d'une sécurité
qui l'empêche d'apercevoir les dangers! Et
moi, son complice, doué, comme Cassandre,
du don fatal de prophétiser le malheur, ver-
rai-je toujours comme elle mes avis méprisés,
et comme elle, souffrirai-je deux fois du mal
prévu et du mal accompli!

Nos blessures étaient plutôt effrayantes que
réellement graves. Elles ont été à moitié gué-
ries une fois le sang étanché. Le lendemain
de son accident, Rachel eut assez de présence d'esprit pour s'opposer à ce qu'on lui
coupât les cheveux dont le chirurgien demandait le sacrifice. Au bout de huit jours,
les traits de sa figure ont repris leur régularité première, et la plaie, qui n'était qu'une
fente au côté gauche du front, a été entièrement fermée. Il ne lui restera qu'une cica-
trice linéaire que ses cheveux pourront toujours couvrir.

Les plaies de poitrine ne se guérissent pas
si promptement : néanmoins, la mienne n'a
pas éprouvé d'accidens fâcheux ; elle m'a
permis de sortir au bout de quatre jours de
repos, et maintenant sa guérison totale ne
peut être éloignée, car elle ne donne presque
plus de suppuration.

Les blessures des cœurs sont dans un état
encore plus satisfaisant. Le sourire de Rachel
a été pour sa mère l'huile qui ranime la lumière mourante de la lampe. Aussitôt que
Sakontala s'est trouvée assez bien pour tenir
une plume, elle m'a écrit une lettre pleine
des plus tendres apologies pour la façon
étrange dont elle m'avait reçu. Ses regrets
ont été encore plus touchans quand elle m'a
vu revenir presque aussi pâle que sa fille.
Je ne lui ai pas encore avoué que sa malédiction lancée contre moi n'était pas la véritable
cause qui m'a fait rester quatre jours sans
reparaître chez elle. J'ai quelques remords
de cette petite dissimulation commandée par

la prudence. Un peu plus tard, tout se saura
et sera excusé.

Cependant je ne serais pas étonné que
mon secret eût été déjà pénétré par Rachel :
je la vois sourire et me regarder avec finesse,
quoique avec bonté, chaque fois que sa
mère se récrie sur mon excessive sensibilité
aux reproches. Mon adversaire et nos témoins n'auront peut-être pas imité mon silence, et depuis quelques jours Rachel a eu
de fréquens tête-à-tête avec une femme qui
eut d'intimes relations avec Jérémie, qui en
a peut-être encore. Mais ne soupçonnons
pas les gens, surtout lorsqu'ils effacent les
torts de leur conduite passée par des actions
méritoires. Mistress Saint-Alban a déployé
pendant la maladie de Rachel un attachement que j'étais loin de lui supposer pour la
famille de lady Graham. Elle a veillé plusieurs nuits, a fait chaque jour de longues et
fréquentes visites aux deux malades. A la
place de lady Graham, je n'aurais pas voulu

recevoir ces soins empressés de la part d'un
indifférent, d'un débiteur. Mais sans doute
mes scrupules sont mal entendus; je juge
trop sévèrement une femme coquette; et
fût-elle encore pire, le dévouement doit toujours compter pour du dévouement.

Le jour que M. Lacroix des Bouquets ra-
mena miss Seymour, lady Graham refusa
absolument de le voir. Il a fait depuis quelques tentatives pour rentrer en grâce : il est
venu s'informer chez le portier, et jusque
dans l'antichambre, de la santé des trois
dames de la maison. Si Sakontala entend
parler de ces attentions, le galant major
pourrait bien être rappelé et recevoir des
excuses aussi bien que moi; son neveu lui-
même reparaîtrait, je crois, sans risquer un
affront.

La sollicitude maternelle, absorbée d'a-

bord par la blessure de Rachel, est mainté-
nant tout entière à la joie de la voir sauvée.
Le dénouement dramatique a fait perdre de
vue l'intrigue qui le précéda. Sakontala semble avoir oublié la laiterie des Champs-Élysées et la terrasse du Bord de l'Eau, parce
que sa fille a eu la prudence de ne plus demander à sortir le matin.

Il m'en coûterait de troubler cette sécurité ; prêcher ouverte nent Rachel, ce serait
s'exposer à raviver des feux endormis sous
la cendre. Dans cet état de réserve, je re-
cueille avidement tout ce que la mère et la
fille laissent échapper sans défiance ; leurs
jugemens sur ces anecdotes amoureuses et
matrimoniales, qui occupent une place importante dans la conversation de toutes les
femmes. Les demoiselles anglaises qui sont de
séjour ou de passage à Paris en fournissent
toujours une ample moisson. A défaut de profession de foi directe, ce moyen détourné peut
assez bien révéler la disposition de leurs

âmes. Le voyageur qui tourne le dos à l'horizon où le soleil vient de disparaître, retrouve les rayons de cet astre réfléchis par le sommet des montagnes et par les nuages qui flottent dans l'air.

. Une occasion de ce genre s'est présentée aujourd'hui. Je dînais chez lady Graham, elle était seule avec sa fille ; miss Seymour ayant été invitée chez lady W. dont la gouvernante a été sa condisciple. Le mariage mal assorti de lady Rosamunda Kington avec M. Digby, simple enseigne d'infanterie, a amené une dissertation à peu près complète sur l'état actuel du mariage en France et en Angleterre. En voici un résumé plus conforme à la filiation naturelle des idées qu'au hasard dans lequel la conversation les a déroulées.

.. Le droit d'un libre choix est la pensée fondamentale du mariage en Angleterre; en France, c'est l'obéissance à l'autorité des parens. D'un côté un fou caprice, de l'autre

un vil calcul d'intérêt : voilà les écueils qui
sont à redouter.

Au premier aperçu le système français n'a
pas déjà autant de désavantage qu'on pourrait bien le croire. La jeune fille peut fixer
un homme immédiatement au sortir de la
pension ; et, à cet âge , si sa raison a atteint
tout son développement, où est l'expérience
indispensable pour l'appliquer avec discer-
nement à l'acte le plus solennel de la vie? La
laisserez-vous conduire par son cœur à défaut de son esprit? Mais quelle plus grande
source d'illusion que la première passion
d'une vierge! et avec la plus grande loyauté,
un homme épris, ou qui a intérêt à plaire ;
ne cachera-t-il pas toujours ses défauts pour
ne laisser voir que ses qualités les plus sé-
duisantes? Enfin, en admettant la passion
comme réelle et légitime des deux côtés, la
lune de miel se passe, et l'on arrive aux réalités de la vie.

Alors, malheur aux époux, si toutes les

circonstances d'éducation et de caractère
n'ont pas été pesées par une ᵧain prudente;
si l'on n'a-pas suffisamment pensé à la fortune. Non pas à l'opulence, presque aussi
dangereuse que la misère, puisqu'elle traîne
après soi l'indifférence et la corruption ; mais
à cette aisance qui double l'avantage des
bonnes qualités en diminuant les inconvéniens des défauts ; à cette aisance qui augmente les charmes du foyer domestique en
permettant de s'en éloigner quelquefois pour
y réunir ensuite un cercle d'amis chez lesquels on aura reçu l'hospitalité.

Si aujourd'hui encore le reproche adressé
aux parens français a quelque justice, il ne
signifiera plus rien avant peu d'années. Affection, caractère, tout peut tromper dans
l'homme qui s'offre pour époux. Après les
garanties totalement individuelles du talent,
l'éducation et le rang social sont les garanties
les plus vraies et les plus durables, et la fortune est une échelle sûre de tous les deux.

Mais en Angleterre, la sollicitude des parens pour le bonheur de leurs filles n'est ni
moindre, ni plus mal entendue qu'en France.
Des deux côtés de la Manche, le moyen principal doit être identique comme le but. Aussi
la diversité des systèmes n'est-elle qu'apparente. Mais elle était obligée avec la différence des mœurs. Des lois respectées punis-
sent le séducteur qui souille l'honneur des
familles en abusant de l'innocence et de la
crédulité. Des mœurs non moins rigides le
repoussent du sein de la société. Il faut bien
être circonspect quand il y va de sa fortune
et de sa considération.

Le cercle des connaissances d'un Anglais
est peu étendu et ne s'augmente pas sans des
formalités minutieuses. Encore, une douane
scrupuleuse a-t-elle impitoyablement repoussé tout ce qui semblait suspect. Après
tant d'épurations, il pourrait se confier au
hasard pour le choix d'un gendre, et cependant il y a encore des chances pour que sa

fille distingue l'homme le plus méritant.

Soit développement tardif du corps dans un climat boréal, soit adresse des parens, les demoiselles anglaises ne pensent guère sérieusement au mariage qu'après avoir atteint la vingtième année. La durée officielle de l'enfance se prolonge dans la même proportion. Dès long-temps révolue de fait, elle dure encore dans le costume et dans le régime domestique. Mais l'éducation ne demeure pas stationnaire; les jeunes vierges ont jeté à la dérobée plus d'un regard sur le monde, et elles sont capables de juger les hommes en recevant pour la première fois leurs tardifs hommages.

Quelle autorité pourrait tisser des liens à la fois aussi déliés et aussi solides que ceux dont l'invisible réseau les entoure?... Que le sommeil ferme la paupière des parens, ils peuvent dormir en sûreté.

Leur fille, encore maîtresse de son cœur, folâtre-t-elle au milieu de l'essaim empressé

12

des adorateurs; fixée par un amant privilégié, se retire-t-elle avec lui dans le coin le plus obscur de l'appartement, et rougit-elle en écoutant ses longues confidences ?.., ont-ils échangé des anneaux et des lettres, errent-ils au crépuscule dans les sombres bosquets du jardin, s'y oublient-ils après la nuit close, et faut-il que la voix d'un domestique aille leur annoncer que le thé se refroidit, que le souper est servi ?...

Pères, ne détournez pas votre attention des affaires de la cité, de la gloire et de la prospérité de la patrie; épouses, continuez à rêver aux embellissemens de la maison de campagne, à la bonne tenue de la maison de ville... que rien ne trouble votre sécurité, l'honneur veille avec l'amour au fond du cœur de votre fille et de son amant !

Mais, en France, les lois et les mœurs n'ont pas encore entouré les femmes de cette magique protection. D'ailleurs, par suite d'une sociabilité plus grande, chaque famille reçoit un plus grand nombre d'hommes, honnêtes sans doute ; mais enfin qui ne sont point des partis sortables, et l'ivraie peut se cacher plus aisément dans une plus grande masse de grain.

Il faut que la jeune vierge abdique une partie de sa liberté ; le *veto* absolu lui reste pour prouver qu'elle n'est limitée que du côté du danger. C'est entre les mains de ses parens qu'elle la dépose, leur expérience en promet un plus habile usage, leur tendresse est garant de leur bienveillance, le bonheur de leur enfant sera toujours leur bonheur !

Les Anglais, qui veulent être Anglais partout, ont appris à leurs dépens que sur le sol de l'Angleterre les filles d'Ève naissent faibles comme ailleurs. Assez de tristes exemples ont montré le danger des habitudes dégagées des jeunes miss, dans un pays où les hommes n'avaient pas la même retenue qu'en Angleterre. Les attaques des Français dûrent être excitées d'abord par des maniè-

res si étranges : le mépris qu'ils en ont conçu
à tort a doublé leur hardiesse. Il est juste
d'ajouter que beaucoup de jeunes Anglais
n'ont pas tardé à marcher sur leurs traces ;
ils ont excipé du bénéfice des mœurs d'un
pays où l'on n'a pas de meilleur moyen pour
forcer les femmes à la réserve, que d'applaudir aux hommes qui les séduisent. »

Quoique ma mémoire n'ait pu conserver
les formes et les coupures de la conversation, chacun des argumens est suffisamment
marqué au coin de l'interlocuteur auquel il
appartient. Tout ce qui est à l'excuse ou à
l'éloge de la France est de moi. Je connais
trop bien l'esprit précoce de Rachel pour
m'étonner de tout ce qu'elle a trouvé de
solide ou de spécieux en faveur des habitudes
anglaises ; mais, hélas! j'avoue que Sakontala
m'a causé une surprise dont je ne suis pas
encore revenu en renchérissant sur tous les
argumens de sa fille. Elle a repoussé la distinction des pays et des mœurs comme de

misérables subtilités. « — Partout la liberté du
choix, et une liberté absolue, voilà la ga-
rantie que les inclinations du cœur seront
respectées ; car, dans le mariage, le cœur est
la seule, l'éternelle source du bonheur. »

Pauvre amie ! je suis accoutumé à voir
l'aigreur terminer entre nous toute discussion
de principes ; la sécheresse de mes sentimens te fait pitié quand elle ne te soulève
pas d'horreur... Mon amour-propre blessé ne
fatiguera plus le ciel de vœux désormais inutiles, je me résigne à n'être pas compris !
mais ne daignera-t-il pas éclaircir le voile
épais qui t'a jusqu'ici dérobé les réalités
de ce monde ? Que dirais-tu donc autre chose
s'il fallait approuver la première faute de ta
fille ; s'il s'agissait de l'encourager aux plus
coupables excès ? Douterais-tu de l'étroite
union qui règne entre les principes généraux
et les actions ? Malheureuse, pense à toi,
pense à moi, et vois où nous a conduits trop
d'indulgence pour une passion véritable.

Quelques jours au moins elle fit notre bonheur, le tien ! mais pour Rachel, où est ton
excuse ? Ne frémis-tu pas en songeant à l'inépuisable indulgence que tu lui as laissé apercevoir ? N'a-t-elle pas agi conséquemment
à ses profondes doctrines ? Quel gigantesque
édifice de malheur n'est pas destiné à sortir
de fondations creusées jusque dans les abî-
mes !

Par un incorrigible aveuglement, Sakontala,
mécontente de sa fille, recourt à l'instrument
qu'elle brise chaque jour, et qui pourtant la
soutient encore de ses derniers débris. Rachel essaie de l'indocilité en attendant la
haine ou le mépris, et un regard empreint
d'autorité maternelle lui impose un silence
que la logique n'avait pu obtenir. Elle jouis-
sait du triomphe que venaient de remporter
ses idées favorites, en en méditant peut-être
un plus réel ; et à neuf heures précises, elle
a obéi comme une petite fille à la voix dé-

considérée de sa gouvernante qui l'envoyait
se coucher.

Depuis quelques jours Sakontala est en
proie à une profonde tristesse ; j'aurai trop
souvent et trop librement laissé percer les
sentimens qui me préoccupaient en la quittant après notre dissertation sur le mariage.
Mais son chagrin a une physionomie toute
nouvelle, puisque je le remarque. J'étais
familiarisé avec ses boutades, ses boude-
ries... ses pleurs eux-mêmes avaient perdu
leur pouvoir ; ce n'était qu'un enfantil-
lage de plus. Maintenant son humeur a une
égalité grave, son âme triomphant dans une
lutte pénible qu'elle semble soutenir, brille
par momens de la sécurité résignée du mar-
tyre: plus de plaintes, plus de reproches ; il
ne lui échappe pas un mouvement d'impatience.

De quel orage ce calme extraordinaire
va-t-il être le précurseur? Je tremble en admirant! Une sorte de respect religieux me
saisit quand je surprends mon amie solitaire
et nourrissant le feu mystérieux et dévorant
de sa rêverie. Je m'unis à elle par une douloureuse sympathie quand son œil sec se fixe sur
moi! Je ne sais pourquoi, j'ose à peine lui
serrer la main. Je rougirais à la seule pensée
d'une caresse plus intime, et je crois m'apercevoir que Sakontala me sait gré de ma retenue. Quelquefois, assis près d'elle, je me
crois auprès de ces malades dont les nerfs sont
agacés au point d'être incommodés des bruits
les plus légers. Je voudrais retenir mon haleine; je maudis le craquement du parquet
ou du cuir neuf de ma chaussure. Je ne ha-
sarde pas sans une longue réflexion prélimi-
naire une question de l'intérêt le plus naturel, le lieu commun le plus insignifiant.
Attentif, je crois écouter son âme, espérant
surprendre son secret.

Une ère nouvelle serait-elle sur le point
de commencer pour nous? Sakontala ouvri-
rait-elle enfin les yeux à la lumière intellec-
tuelle? son esprit s'envolerait-il aux régions
sublimes où son cœur habite? notre silence
serait-il l'épreuve pythagoricienne?

J'ai peine à comprendre comment une
longue soirée d'hiver peut s'écouler lorsqu'on
la passe tête à tête dans de semblables dispo-
sitions. Et pourtant je comprends encore
moins comment elle s'est écoulée. Il y a, dit-
on, des lésions de cerveau dans lesquelles
les malades se sentent tout à la fois lourds
et légers au renversement des lois de la gra-
vitation. Il paraîtrait qu'il existe de même
des maladies de l'âme qui renversent les notions ordinaires de l'espace et du temps.

Nous avions dîné à six heures : Rachel et
sa gouvernante s'étaient retirées dans la salle
d'étude. Je suis sujet à un peu de somno-
lence après un repas; je n'y ai pas cédé aujourd'hui; ce n'était pas parce que Sakon-

tala n'avait que moi pour lui faire société, elle est dans un état à s'en passer volontiers (et, je le crains, surtout de la mienne). Mais un petit somme est une familiarité qu'elle a eu trop souvent la bonté de me permettre, même quand j'étais seul avec elle. Réveillé en sursaut par quelque visiteur, ma figure de dormeur aura été remarquée, et la malice aura tiré ses conséquences. Aujourd'hui, je n'ai pas eu besoin de cette réflexion pour me tenir éveillé; mais ma société n'en a pas été plus aimable.

Après avoir épelé l'indoustani dans quelques livres venus de Calcutta, fait répéter au perroquet la chanson indienne du Baya, promené de long en large, tisonné le feu, essayé de tous les siéges du salon, je me suis fixé sur le tabouret qui est en permanence devant un piano ouvert. Nous gardions un silence qui devait nous faire rêver. Ma main s'était machinalement portée sur le clavier. La rêverie fait aimer la musique, et, bonne ou mauvaise,

la musique alimente la rêverie. Incapable
de l'attention nécessaire pour reproduire une
composition d'autrui, ma main était en communication directe avec mon âme sans l'in-
termédiaire de la volonté. Elle frappait des
accords, tantôt lents, tantôt vifs, mais toujours d'un mode mineur et mélancolique.
Sakontala, qui lisait la Bible au coin du feu,
a fermé le livre pour échanger avec moi
quelques paroles. Je ne l'avais jamais vue sym-
pathiser à ce point. Aux sons absolument insi-
gnifians et peut-être fautifs que je produi-
sais, notre imagination prêtait en ce moment une valeur. Ils devenaient tour à tour
le texte ou le commentaire de notre conversation, vagues ou capricieux comme elle.

Ainsi, d'autres fois et dans le même lieu,
après avoir pris du tabac pour me distraire,
j'ai laissé long-temps errer mon œil sur la
tabatière où mon hypocondrie me faisait
trouver une tentation de saint Antoine, où le
jugement dernier de Michel-Ange. Depuis

que j'ai lu Goëthe, il m'arrive d'y trouver
le sabbat de Faust ou bien l'apparition
nocturne avec les spectres et l'échafaud de
Marguerite. Cependant l'œil d'un étranger
ne trouverait dans cette fantasmagorie que
les accidens d'une racine de buis.

Ma bouche et ma main se turent un instant et Sakontala rouvrit sa Bible. Je m'approchai de la table et me mis à feuilleter
quelques uns des livres qui la couvraient.
En lisant à côté l'un de l'autre, on est porté
à se communiquer les trésors qu'on décou-
vre. Parfois aussi cette conversation nous a
servi à échanger des avis ou des reproches
indirects. Il est rare que j'aie l'avantage à
cette petite guerre; l'irascibilité fait échapper
quelque chose de mon propre fonds, et mon
amie a sur moi la supériorité de la modération et du génie de son avocat.

—Ecoutez, me dit-elle avec un son de voix
qui me pénétrait, et une larme d'admiration
reluisant dans ses yeux. Et elle me lut avec

onction quelques versets d'un psaume de
David.

« Je suis comme le pélican dans le désert,
comme le hibou dans les ruines ; je veille
solitaire comme le passereau sur le toit.

» Mes ennemis m'accablent chaque jour de
reproches. Ils sont tous conjurés contre
moi.

» J'ai mangé des cendres avec mon pain,
ma boisson a été mêlée de larmes.

» Tout cela vient de ton indignation et de
ta colère ; tu m'avais élevé, tu m'as abaissé
maintenant. »

Je crus remarquer qu'elle appuyait davantage sur ce dernier verset ; ce fut pour
moi un trait de lumière et un motif de
tranquillité. Il était évident que le chagrin
était un peu de rancune pour mon entête-
ment à soutenir les mariages de convenance.

Au lieu de répondre par le palliatif des
maux désespérés, la douce et consolante
pitié, je pouvais recourir à un remède plus

efficace. La Bible est un inépuisable arsenal ;
plusieurs élus, Dieu lui-même, y ont à l'envi
entassé des armes spirituelles. J'avais devant
moi un autre arsenal d'un ordre moins élevé,
d'une moindre puissance, sans doute, mais
le plus fort et le mieux fourni qu'il ait été
donné à un homme seul, et livré aux seules
forces humaines, de créer. Je feuilletais Shaks-
peare ; à une voix partant du ciel, j'opposai
celle de ce génie qui l'a parfois escaladé.

Sakontala riposta par ce passage de Job,
chapitre 21 : « J'ai deviné tes pensées, je connais les stratagèmes que ton esprit égaré a
ourdis contre moi. O ami ! pourquoi me
persécuter comme Dieu, ne sauriez-vous
vous contenter de ma chair ? »

Elle me fit ensuite remarquer en souriant
que Job adressait ces paroles à Zophar. C'est
le sobriquet que son érudition biblique m'a
donné depuis long-temps, parce que, à l'exemple du Naamathite, je suis ami peu indulgent et consolateur sévère.

Je ne voulais pas troubler ce petit triomphe. Mais un moment après, ayant ouvert le journal asiatique, je trouvai un morceau original de poésie indoustani. Je crus faire plaisir à mon amie, en lui recommandant un tableau qui me semblait reproduire fidèlement les mœurs de l'Asie britannique.

Sakontala,

Ballade indoustani.

—

Dans les pays où le soleil se couche, les femmes jouissent sans crime d'une liberté égale à celle des hommes; quelquefois même elles montent sur le trône. Par quel secret ont-elles un pareil sort? Elles sont en commerce avec les génies.

Ma mère avait compté treize débordemens du Gange. L'enfance avait fait place à la puberté. Un noble bramine m'avait demandée pour le fils de sa sœur. Un vaillant Mogol avait essayé de m'enlever un matin, que, voilée, j'allais à la sainte rivière; un Schi-

trya, qui me défendit contre ses attaques, brûlait en
secret depuis qu'il avait vu mes yeux... Mais plus
puissant et plus heureux que tous, un Belati (un Anglais) me demanda, et m'obtint ; trois fois heureuse !
un Belati, né dans les pays où le soleil se couche,
et où les femmes...., etc.

Ciel ! que mon époux était beau ! Sa taille était ma-
jestueuse comme le palmier, ses yeux étaient de la
couleur azurée du ciel dans la saison des pluies ; son
teint était de lis et de roses. Il me vit et m'aima, je
m'enivrai d'amour dans ses bras, mais il ne m'em-
mène pas au dehors avec lui ; il ne me montre pas à
ses frères. Curieuse, je souffre pendant tout le jour le
mal secret de l'ennui... M'aurait-on trompée ? Ne serait-
il pas vrai que dans le pays où le soleil se couche,....?

Nul doute que le privilége de ces femmes dérive
d'un commerce avec les génies... Mais que faut-il donc
faire pour se les rendre propices ?.. Tous les ans, mon
sein a rendu Belati père... Pourtant ses visites deviennent moins fréquentes, il reste moins de temps
avec moi.... Est-ce donc là le prix de ma fécondité ?
Se peut-il que ses feux diminuent quand les miens
augmentent !.. Ah ! peut-être que ces génies sont ca-

chés dans ces boîtes, dans ces tiroirs, que j'... qu'ici
j'ai rarement ouverts. Dans les pays où le ... eil se
couche... etc.

Un précieux tissu de Benarès cache à moitié ma
chevelure d'ébène; mes bras sont entourés de cou-
leuvres jaunes azurées, mes chevilles sont ornées de
serpens d'or massifs; un rubis représente leurs yeux
enflammés : un orfèvre plus habile que le jongleur a
su charmer ces dangereux reptiles. Mes ongles sont re-
levés d'un riche carmin; l'antimoine répandu sur mes
paupières relève l'éclat de mes yeux comme un sombre
nuage auprès d'une étoile scintillante. Un air frais et
parfumé m'arrive par un tatih garni de kuskos... Aurais-je une rivale, plus belle, plus parée que moi?
Mon mari ne vient pas, et pourtant il est né dans les
pays où le soleil se couche, etc.

Il est venu; mais son amour n'est pas rallumé; mon
œil vif, il l'a laissé devenir languissant. En vain ma
main caressante a saisi la sienne, l'a pressée sur mon
sein, l'a couverte de baisers et de larmes : pareil au
daim hors de la saison des amours, son front était
sombre, son œil sec, et près de sa gazelle il semblait
regretter la solitude. Préférant toujours son siége
élevé aux coussins de mon divan, il s'est obstiné à

parler froidement avec moi, quand ma bouche em-
baumée de betel et d'arek invoquait les soupirs de
l'amour...

Dans les pays où le soleil se couche, etc.

Serait-ce par des paroles que ces puissans génies
s'invoquent? Je porte à mon cou des amulettes dont
la vertu est irrésistible ; elles sont chargées de prières,
de conjurations et de charmes écrits en lettres d'or.
Je les redis avec ferveur, et dans des ordres variés. A
l'ivresse qui s'empare de moi, je sens l'influence magique des saintes formules. Mais que vois-je? Belati
lève les yeux au ciel! malheureuse, il les laisse retomber sur moi avec une expression de pitié et de
mélancolie qui m'accable. Est-ce mépris, confusion,
ou dégoût?... Abandonnée par Belati, j'ai captivé
ses frères, aucun ne m'a rendu tout mon amour, aucun n'a répondu à mon ambition. J'aurai vécu et je
mourrai esclave, comme toutes mes sœurs.

Ah! s'il est vrai qu'au pays où le soleil se couche,
les femmes jouissent sans crime d'une liberté égale à
celle de leurs maris; s'il est vrai qu'elles montent parfois sur le trône, il ne leur suffit pas d'être en commerce avec les génies, il faut qu'elles soient des génies
elles-mêmes.

Maintenant que je viens de traduire de
l'anglais cette pièce, je reconnais encore
plus combien j'ai été peu généreux. J'ai réellement continué la guerre après que mon
adversaire avait déposé les armes. Je voudrais ne pas convenir que la réssemblance
de situation est presque aussi frappante que
celle de nom, car cette ressemblance est
une injure.

Pendant que mon amie lisait, je lisais par-
dessus son épaule, et plus j'avançais dans la
lecture, plus la rougeur me montait au visage. Mais la conscience s'accoutume bientôt
à un péché qu'elle seule connaît. J'ai attendu avec inquiétude le jugement de lady Graham... La ballade lui a plu beaucoup; et
parce qu'il m'a semblé qu'elle ne l'avait pas
comprise, j'ai eu honte de son esprit, au lieu
d'avoir honte de moi-même. Je ne suis même
pas sûr de n'avoir pas souri malignement.

Avant de la quitter j'ai eu une autre
preuve de la tendance qu'on a d'abuser de

toute autorité non contestée. Je prenais mon
chapeau pour partir : « Restez encore, m'a dit
lady Graham, nous sommes au dernier jour
de l'année ; vous m'avez donné ses dernières
heures . je veux que nous commencions ensemble la première heure du nouvel an. »

L'éclat d'une affection à heure fixe, le
retour périodique d'un attendrissement, ont
toujours excité mes sarcasmes. En présence
de quelqu'un 'qui aurait le courage de me
punir, j'aurais contenu mes sentimens en
moi-même; et peut-être en aurais-je changé.

Après tout, la régularité ne pourrait-elle
pas être le signe des émotions honnêtes autant que le caprice! Sakontala attendant le
premier coup de minuit pour m'adresser des
vœux de bonheur, pour m'embrasser ; Sakontala le cœur palpitant et l'œil fixé sur la
pendule, avait un air solennel qui méritait
au moins le respect. Mais, me raillant, et de
mon amie, et de la nature que j'allais faire
mentir, en faussant la mesure du temps, je

tire ma montre, déclare que la pendule re-
tarde, et l'avance d'un quart d'heure pour
faire sonner les douze coups tant attendus.

———

Le jour de l'an se venge noblement: je le
méprisais, il m'a procuré de douces jouissances; je pourrais être fier de ma sagacité
à choisir les petits cadeaux de l'époque. Sakontala a laissé éclater, en recevant les siens,
autant de surprise que de plaisir. Elle croyait
sans doute que mon amitié pour elle ne s'é-
levait pas jusqu'au culte d'un lieu commun.
Rachel m'a récompensé des bonbons et des
petits bijoux que je lui ai offerts, en renon-
çant au ton distant qu'elle affectait depuis
quelque temps. Elle a reçu sans trop de
façons l'accolade officielle au-devant de laquelle elle venait jadis avec tant de gen-
tillesse. Plusieurs jours de suite, elle s'est
trouvée seule dans le salon pour me recevoir

à ma visite du matin. Sa mère est un peu in-
disposée et s'habille plus tard.

Hier, pendant que j'étais perché sur le
tabouret du piano, elle vint voltiger autour
de moi. Je voyais dans la glace de la cheminée son buste réfléchi au-dessus de ma tête
sombre et soucieuse. Ses belles épaules, son
cou élégant et sa figure vive et enjouée, me
rappelaient en ce moment les vignes que les
peuples littoraux de la Méditerranée laissent
croître sur les noirs cyprès.

Elle a saisi le premier moment où mes
doigts distraits se sont portés vers le clavier,
pour leur infliger une légère correction en
me reprochant de rendre toujours son piano
discord avec mes arpéges d'écolier. J'ai profité
de l'occasion pour lui reprocher à mon tour
de négliger la musique.

Rachel a rapidement parcouru les élémens
de l'éducation féminine : maintenant elle
s'arrête comme si elle avait du dégoût ; de la
paresse ou de l'inaptitude. C'est au contraire

une preuve d'intelligence. Elle sent que si quelques femmes aiment pour eux-mêmes les beaux-arts qu'elles cultivent, le plus grand nombre ne doit voir en eux que des instrumens de coquetterie. Mûre pour le monde, d'où son âge la tient encore éloignée, Rachel se dépite et se décourage. Son ardeur se réveillera du moment que ses talens pourront servir son ambition.

Animal d'habitude, je suis revenu ce matin à 11 heures. Sakontala ne se trouve plus dans son salon pour guetter mon arrivée. Elle a enfin cessé cette touchante mais trop humble attention. C'est au moins un avantage de son indisposition de corps ou d'esprit.

Je m'approche du piano : un arpége signalera ma présence, et en attendant me fera compagnie. Mais au lieu des êtres réels que j'attends, la solitude et la musique évoquent autour de moi les sylphes légers des visions fantastiques.

Je suis transporté dans le parloir d'Hampstead, et religieusement ému par la contemplation d'une église champêtre; j'entends au loin un chœur de vierges psalmodiant une mélopée douce et mystérieuse. Tout-à-coup les voix s'approchent; une porte s'ouvre, et mes yeux aperçoivent la première des musiciennes. Grand Dieu! de quelle beauté elle rayonnait! Jamais je n'avais vu sur la terre un type si noble et si pur! Jamais mon imagination n'avait osé le créer.

Une porte s'était ouverte en effet, et Rachel s'y était arrêtée un instant pour jouir de ma surprise. Devant aller à un concert à midi, elle était parée de ses plus beaux habits, ou plutôt ses charmes naturels relevaient l'éclat de sa toilette. Elle n'était pas moins belle que la vierge qui m'était apparue, mais elle avait un autre caractère de beauté. Ce

n'était plus la candeur, l'abandon de l'enfant
inspirant une tendresse paternelle ; la tranquillité chaste et sublime de l'ange qui nous
fait abîmer dans l'adoration : c'était une
beauté plus mortelle et plus dangereuse.
Son œil brillait de cette intelligence tout
humaine qui sait guider les passions du cœur
avec les calculs de l'esprit. Dans ses formes précoces, dans ses lèvres lascives et entr'ouvertes par le sourire, sa peau brune,
ses pieds délicats, les boucles pendantes de
sa noire chevelure, flottait comme une at-
mosphère de cette volupté que le tentateur
répandit autour d'Ève.

La faible provision de vertu qui me restait ne put me soutenir en présence de tant
de merveilles et de séductions.

Je commence par revendiquer les droits
de ma vieille amitié. Mais les caresses pater-
nelles ne sont plus de saison quand l'enfant
est devenue femme. Révélée à elle-même,
les riens qu'elle prodiguait autrefois sont

devenus des trésors dont elle sait être avare.
Un homme a eu le bonheur de lui plaire :
tandis qu'elle l'encourage d'une main, de
l'autre elle sait éloigner un indifférent, ou
marquer strictement la ligne que ne doit pas
dépasser un ancien ami de sa maison.

Piqué par ces premiers refus, le désir
prend un déguisement pour revenir à la
charge. Dans nos discussions récentes sur le
mariage, j'ai oublié un argument capital,
voici une occasion unique de le produire
avec un irrésistible pouvoir : un hymen
sortable par les convenances peut l'être en
même temps par la passion ; le calcul et la
sagesse n'excluent point les affections du
cœur ; mais la prétention d'user de sa liberté
expose toujours à poursuivre au loin le difficile et le douteux, quand le bon et l'aisé
se trouvaient sous la main.

Rachel n'a pas voulu d'un triomphe in-
complet ; elle a fait semblant de ne pas
comprendre, puis a su à propos faire luire

l'espérance ; il m'a fallu démasquer ma dernière batterie ; j'ai fait l'aveu entier de mon
amour...

Silence, voix importune du devoir... Je
mentais, et c'était pour aveugler à jamais
Rachel sur la véritable cause de mes assiduités dans sa maison...

Mais où fuir, où cacher ma honte ?...
l'enfant m'a toisé d'un coup-d'œil de femme
expérimentée. Elle m'a anéanti en rougissant
pour sa mère !

———————

Je viens de recevoir une lettre de lady
Graham, la plus courte, mais la plus dé-
chirante qu'elle ait jamais écrite.

« Mon ami, vous vous êtes quelquefois
» tourmenté avec moi... Au bout de peu de
» jours mes alarmes se trouvaient sans fon-
» dement... D'ailleurs, nous étions deux, et
» j'aurais éprouvé une joie secrète à souffrir

» pour vous. Les craintés que j'ai conçues de-
» puis deux mois surmontent aujourd'hui à
» des certitudes ; mais je suis seule , votre
» regard sévère refoule au fond de mon cœur
» tous mes sentimens. Mon amour vous im-
» portune ; vous ne m'aimez plus , je n'ose
» plus vous parler... Je ne puis accuser que
» moi... Je ne me serais plus exposée si j'avais
» su mieux comprendre votre prudente froi-
» deur : ce remède héroïque était au-dessus
» de mes forces, la punition sera proportion-
» née à la faute. J'aurais vécu, je me serais ré-
» signée à la honte pour nourrir le fruit de
» l'amour ; mais l'enfant du dégoût et de la
» pitié doit causer la mort de sa mère. »

Voilà donc le secret que je n'ai pas su
deviner ! Et sa main traçait ces lignes le matin, pendant que dans sa maison , à quelques
pieds de sa tête , au mépris des lois de l'hospitalité... Et si Rachel avait été plus innocente ou plus crédule , si l'expérience du mal

ne lui eût pas déjà appris à soupçonner, à
mépriser sa mère!... Malédiction!... horreur!

Mais, sot que je suis ! La coupe est douce
et enivrante... ne nous pressons pas de la
vider... respirons-en d'abord le parfum, cela
fera mieux savourer le breuvage.

Je cours vers Sakontala... Ce serait trop
peu de ne lui offrir que les consolations vulgaires par lesquelles je suis parvenu d'autres
fois à dissiper ses craintes. Je retrouverai les
soins empressés, la mansuétude et les enchan-
temens des premières amours. Je me mon-
trerai joyeux s'il le faut. Avec une âme bourrelée et pleine de sinistres pressentimens,
cela sera peut-être un peu difficile; mais je
suis vraiment singulier de me plaindre de
mon sort, lorsque, condamné aux tourmens
de l'enfer, on me laisse le choix du supplice
et un rayon d'espérance... Et si l'espérance
elle-même était enlevée... si Sakontala repoussait la main que je vais lui tendre ; si la
maladie ou le désespoir réalisaient le dé-

nouement dont sa lettre me menace ! Oh !
alors... mon parti est pris !.. mon rôle devient plus facile, j'ai en réserve un irrécusa-
ble argument pour prouver à mon amie
qu'elle a tort de m'accuser de la fuir. Grâces aux récentes découvertes de nos savans,
le courage qui nous ferait résigner à vivre
est une mauvaise plaisanterie ; mourir n'est
ni plus long ni plus difficile que de souhaiter
la fin de ses maux.

Nous avons été plus heureux que sages ;
les craintes de Sakontala se sont dissipées ;
mais une alerte imprévue vient de réveiller
son inquiétude en lui donnant une autre
direction.

Hier soir, pendant que miss Seymour
présidait au coucher de son élève, il s'éleva
tout-à-coup entre elles une dispute assez vive
pour être entendue du salon. Lady Graham

accourut pour en savoir le motif. Rachel
était dans une violente agitation ; la menace,
le mépris, la violence, elle avait tout em-
ployé pour ravoir une lettre qui s'était
échappée de son sein pendant qu'elle se dés-
habillait ; la gouvernante l'avait ramassée et
n'y avait attaché d'importance que par l'empressement avec lequel Rachel avait cherché
à s'en saisir. Elle voulut la mettre entre les
mains du juge naturel qui arrivait pour terminer le différent ; mais Rachel plus prompte,
en déchira la plus grande partie, qu'elle dé-
détruisit à l'instant même en la jetant au
feu. Le morceau resté dans la main de sa mère
n'en était que plus précieux, et par la diminution que la pièce venait de subir et par la
peine qu'il avait coûtée à conquérir. On vint
me le porter ; le nom de mistress Saint-
Alban était le seul assez bien conservé ; le
reste eût été inintelligible, si la conduite de
Rachel ne l'eût suffisamment commenté.

Je fis entendre à lady Graham que la prudence commandait une visite au bureau et à la commode de sa fille. Cette espèce de violation de domicile lui répugnait ; au moment où elle se décida, elle avait déjà été prévenue. En entrant dans la salle d'étude nous entendons le bruit d'un tiroir qui se fermait à la hâte, et un fantôme blanc, un paquet de papiers sous le bras, s'enfuit vers la chambre à coucher. Miss Seymour et lady Graham poursuivent le fantôme, et moi je m'occupe à ramasser quelques papiers que dans sa précipitation l'enfant a laissés tomber sur le parquet, ou que peut-être elle avait négligés comme moins dangereux pour elle. Je m'apprêtais à rentrer au salon, quand des cris se font entendre dans la chambre, plus précipités et plus alarmans que jamais. La porte s'ouvre avec bruit, la gouvernante effrayée s'échappe, lady Graham la suit de près entraînant sa fille demi-nue... J'aperçois une horrible lueur accompagnée d'un vif petillement... je m'élance à mon tour vers ce lieu d'où tout le monde fuyait ; un pot à l'eau se trouve à propos sous ma main , et j'arrête à temps un incendie qui pouvait dévorer la maison.

Rachel , frileuse comme une Indienne , et gâtée par sa mère aussi frileuse qu'elle, avait toujours un grand feu dans sa chambre au moment de son coucher ; c'est là qu'elle avait promptement détruit la lettre, cause première des évènemens de la soirée. Une fois l'éveil donné , elle avait redouté la visite, et avait voulu détruire de la même façon les autres papiers de la même espèce que la lettre. Sa mère arrivant sur sa trace, s'était armée de pincettes pour retirer du foyer le paquet tout allumé ; en le secouant pour l'éteindre , elle avait fait voler quelques étincelles sur les rideaux du lit : l'étoffe légère, et exposée à l'air des deux côtés , s'était promptement enflammée.

Rachel, privée de son lit, a partagé celui de

14

sa mère. L'émotion a long-temps tenu le sommeil éloigné ; ensuite elle s'est encore trahie à haute voix dans ses rêves, et sans grands frais de ruse ou de perspicacité, lady Graham a recueilli d'importans aveux.

Une correspondance amoureuse était entretenue avec M. Jérémie ; mistress Saint-Alban en était le messager discret. Mais il paraît que l'amour n'était pas le seul objet dont on s'occupât ; lady Graham s'étant enfin décidée un matin à jeter les yeux sur les papiers que j'avais recueillis, a fait une nouvelle visite au bureau de Rachel, et y a trouvé le testament de sir W... et son contrat de mariage, qu'elle croyait bien en sûreté dans un tiroir de son propre secrétaire. Ces papiers étaient chiffonnés et salis ; Rachel a été forcée de convenir que mistress Saint-Alban les avait eus plusieurs jours en sa possession.

Quelle injure nous faisions à M. de Jérémie en le soupçonnant de vouloir séduire un enfant ! ses intentions étaient au contraire des

plus honnêtes : on n'épluche pas d'au i près
la fortune de quelqu'un qu'on ne veut pas
épouser. La lecture des pièces officielles doit
avoir été assez tranquillisante ; les avances
qu'il a déjà faites en amour désintéressé lui
seront solidement remboursées avec intérêts ;
l'entremetteuse aura même pu s'assurer qu'il
y avait de quoi lui donner un honnête cour-
tage. Si elle s'en sert pour payer ses dettes
à lady Graham, l'argent ne sortira pas de
la famille.

Sakontala n'a pas tout-à-fait envisagé l'affaire de cette façon ; elle ne pense pas que les
papiers soient sortis des mains de mistress
Saint-Alban, qui, en en voulant prendre connaissance, n'aura cherché qu'à satisfaire une
curiosité féminine, ou peut-être tranquilliser
ses scrupules de débitrice insolvable.

Néanmoins, comme aucun de ces deux
motifs n'excuse la leçon d'immoralité donnée
à Rachel en la rendant complice d'un si
énorme abus de confiance, lady Graham a

pris son courage à deux mains pour signi-
fier à mistress Saint-Alban qu'elle ne devait plus reparaître dans la maison.

Cette hardie conclusion n'est pas arrivée
sans un grand cortége de protestations de
reconnaissance et de remerciemens pour les
soins donnés à Rachel pendant sa maladie.
La pauvre victime du devoir a suffisamment
laissé paraître que son cœur saignait en écrivant la fatale sentence.

Ces ménagemens ont produit leur digne
effet. La Saint-Alban a accusé réception
de la défense dans une épître remplie
de ce que les langues anglaise et française
peuvent fournir de plus injurieux. Cette vi-
père, dont la conversation étincelle d'esprit
lorsqu'elle est de sang-froid, a trouvé au
service de la passion la plus énergique éloquence. S'il plaît à Dieu, ce ne sera pas la
dernière justice que je lui rendrai... Il m'a
fallu parcourir l'infâme libelle à plusieurs
reprises, pour chercher dans les calomnies

des remèdes à la désolation que les vérités
causaient à ma malheureuse amie ! Mais
chaque fois les expressions de la colère et de
la menace, tout en soulevant mon indignation, y mêlaient une secrète et profonde
terreur.

———————

Mistress Saint-Alban exhale partout sa
fureur. Elle veut absolument que son expul-
sion ait été exigée par moi. Le vraisemblable
n'est pas toujours le vrai.

Si lady Graham n'eût pas pris subitement
cette mesure vigoureuse, je crois que j'aurais
eu beaucoup de peine à l'y décider. Plus elle
y réfléchit maintenant, et plus elle est effrayée de son audace, plus elle maudit sa
précipitation. Moi, je m'empare d'une mesure dont je n'ai pas eu l'initiative, l'adopte,
la soutiens... Je voudrais en prendre toute la
responsabilité. Je ne crains que pour Sakontala les menaces qui nous sont adressées en

commun.... Nous sommes sur les épines depuis cette lettre fatale. Cependant Rachel
semble étrangère à un embarras dont elle
est la cause première. Ce n'est pas ignorance
ou légèreté de son âge ; rien ne lui a échappé, la physionomie de sa mère est transpa-
rente. Qu'importe que la mienne sache
mieux cacher mes secrets; ma bouche les a
trahis! Rachel est tellement sûre du terrain
où elle est placée, que, loin d'éviter les explications, elle les provoquerait. Je lui représente souvent les conséquences affligean-
tes de sa désobéissance. J'essaie de réveiller
dans son cœur la pitié pour les chagrins
qu'elle a donnés à sa mère. J'ose encore in-
voquer le respect auquel elle n'a pas cessé
d'avoir droit. Je prouve, par l'empressement
de Jérémie à voir les papiers de famille, que
de vils intérêts le poussent encore plus qu'une
affection véritable!...Malheureux! j'ai fourni
une arme contre laquelle toutes les miennes
s'émousseront désormais. — « Monsieur Ca-

lixte, me dit Rachel après m'avoir écouté avec patience, un jour vous attrapez pour moi un coup de pistolet dans la poitrine, tandis que vous me faites rompre le crâne sur le pavé : une autre fois, nous manquons d'être brûlés vifs ensemble. Deux fois votre intervention a exposé ma vie en exposant aussi la vôtre. Un amour partagé rendrait cela romanesque au dernier degré. C'est dommage que vous ayez tant tardé à faire connaître le vôtre. Maintenant vous ne pouvez m'offrir que les avis de la jalousie, et vous savez qu'ils sont suspects. Résignez-vous à la neutralité. Peut-être pourrais-je demander davantage au nom de l'honneur. »

Tout le monde abuse de ma fausse position. Je sens que sa requête est juste, il faut bien savoir dissimuler comme Calypso, quand on a eu comme elle le malheur d'aimer deux fois dans la même famille.

Si lady Graham adresse des reproches à sa fille en ma présence, je ne joins plus ma

voix à la sienne. En l'absence de Rachel, son
nom suffit pour me condamner au silence.
Mais elle est la seule coupable que j'épargne...
Hélas ! je ferais aussi bien d'approuver, ou de
me taire toujours. Rachel, en me fermant la
bouche, a désarmé un ennemi, mais elle a
un ami puissant et armé de toutes pièces
dans l'indulgence universelle de sa mère.

Pour mettre Sakontala au fait des réalités
d'un monde qu'elle connaît si mal, j'ai toujours pris mes exemples parmi les personnes
qui l'approchaient. C'est là surtout que l'on
pouvait discuter le bien et le mal du caractère. Quand j'ai découvert quelque mauvais
côté et que je le lui fais apercevoir, elle
ferme les yeux à l'évidence plutôt que de
convenir qu'elle s'était trompée jusque là ; ou
peut-être par l'honnête mauvaise foi qui ac-
compagne toujours la charité et la pudeur.
Mais après des heures de discussion sur la
vérité des faits les plus authentiques, et sur
la valeur des intentions les plus évidentes,

le seul résultat que j'obtienne est le reproche
d'être soupçonneux, double et méchant,
quand je ne suis que juste et expérimenté.

Chose singulière, l'exemple qui depuis
quelque temps doit revenir le plus souvent
dans nos discussions n'est pas celui qui pro-
voque le moins l'incrédulité de mon amie.
Il y a souvent de quoi perdre toute mesure.
Mais elle est réellement moins affligée des
malheurs qui l'ont déjà atteinte, et de ceux
qui menacent encore sa famille, que de la
vivacité où son ami se laisse emporter par
son zèle pour la servir.

Elle supporte avec impatience toute con-
tradiction au sujet de l'intrigue de Rachel.
Dans son opinion, l'homme qui la poursuit
est subjugué par l'amour, et un sentiment
profond peut tout excuser. Tandis que les
convenances sociales, les conseils de la prudence, les remontrances de ses amis l'obli-
gent à fermer la porte à cet homme, elle se
sent un entraînement secret à le servir.

SAKONTALA

A PARIS.

LIVRE TROISIÈME.

FIN DU JOURNAL DE CALIXTE.

SCANDALE.

➤◉◄

Six heures du matin. — Je m'étais couché à trois heures, abîmé de fatigue. L'inquiétude m'a tenu éveillé et m'a fait devancer le jour. J'attends son retour avec impatience pour aller savoir des nouvelles de Sakóntala. Puis-

se-t-elle avoir mieux reposé que moi, après
les émotions déchirantes de cette nuit. Les
fibres souples de la femme réagissent moins
contre la douleur, parce qu'elles y ont d'a-
bord moins résisté. Mais oserais-je comparer
au supplice qu'elle a enduré, la peine que
j'éprouvais à en être témoin; à m'en attribuer la cause...

Lady Graham m'avait fait promettre de la
conduire au bal masqué de l'Opéra. La pensée de me trouver avec elle dans un lieu public, et surtout dans le temple de la licence,
m'inspirait des craintes vagues que le masque dont Sakontala devait se couvrir ne dissi-
pait pas entièrement. Mais comme depuis
quelque temps elle s'est mise à chercher
des intentions malveillantes dans tous mes
refus, je n'avais élevé aucune objection.
Rachel paraissait tenir à l'accomplissement
de ce désir autant que sa mère, quoique ne
devant pas être de la partie. Miss Seymour,
aveugle instrument, dont chacun dispose

tour à tour, avait, à plusieurs reprises, échauffé l'imagination de lady Graham.

Je me rendis chez elle à minuit et demi, après avoir passé la soirée chez le général Wer. Elle commençait à accuser mon retard; elle était prête depuis une demi-heure, ce qui ne l'empêcha pas d'en dépenser encore autant à mettre la dernière main à l'arrangement de son domino. A une heure et demie du matin nous arrivâmes dans la salle de l'Opéra, qui était déjà presque comble. Le bal du jeudi-gras est un des plus courus.

De toutes les pratiques que la société tolère ou encourage, les mascarades sont celles qui m'ont inspiré le plus de dégoût. C'est surtout ici qu'il faut venir pour en prendre une juste idée. Dans les rues, dans les réunions privées, dans les provinces, les hommes se déguisent comme les femmes; le but de la mascarade est faussé, ses inconvéniens palliés jusqu'à un certain degré. Ici au contraire, la pensée fondamentale est réduite à

sa plus simple expression; elle se montre
à nu, on la voit planer dans toute sa laideur
naturelle sur les vagues sombres qui s'agi-
tent solennellement dans cette basilique de
la folie.

Les hommes et les femmes ont respective-
ment changé de sexe; et comme pour rendre
plus frappans les effets de cette monstruo-
sité, les uns et les autres n'ont pris que les
vices du sexe qu'ils viennent d'adopter.

Les hommes obéissant à une âme efférni-
née, la frivolité, la coquetterie, sont deve-
nues leur plus importante occupation. Ils
sont venus pour faire de l'effet, ils ne s'en
cachent pas. Il s'agit d'obtenir quelques
mots d'une inconnue, de s'afficher avec une
connaissance. Dieu préserve qu'on les crût
isolés! Aperçoivent-ils ce soupçon dans l'œil
qui les regarde fixement, à l'instant ils pro-
mènent autour d'eux des regards inquiets,
ils font au hasard, des gestes d'intelligence;
et quand une promeneuse masquée a cou-

senti à leur donner le bras, la salle et le foyer ne suffiront pas pour se pavaner avec elle; ils ne feront pas grâce d'un corridor , d'un vestibule, d'une loge; ils s'éclipseront un moment derrière la grille mystérieuse pour reparaître ensuite rayonnans. Ils agiteront la main à leurs amis du plus loin qu'ils les apercevront , diront des mots de politesse à des gens que la veille ils eussent dédaigné de saluer. La pire de toutes les mortifications serait de n'être pas vus pendant qu'ils obtiennent cette publique bonne fortune. Et après tout, la personne cachée sous le domino n'est ni jeune ni belle; plus souvent encore, si elle est l'un ou l'autre, c'est une prostituée. Mais le masque embellit tout, et l'apparence du bonheur suffit pour l'enivrement de la vanité. Aussi toutes les figures qu'on voit sont contentes; les hommes qui sont seuls maintenant, vous laissent croire qu'ils étaient accompagnés le moment d'avant. Au besoin même, ils savent donner à

15

leurs bâillemens l'expression de la satiété.
Secrètement, ils commencent peut-être à se
dépiter, mais l'espoir les soutient et ne les
abandonnera que hors de la salle : aussi ils
restent, et le matin les sentinelles les chas-
sent en foule quand les premiers rayons du
jour viennent faire honte aux bougies et
donner le signal de fermer les portes.

La contre-partie de ce rôle est dignement
remplie par la femme. En prenant la force
expansive et l'assurance hostile, elle a oublié
la générosité de l'homme. Elle poussera la
hardiesse jusqu'au cynisme; elle sera caustique jusqu'à la cruauté. On dit que les mascarades nous viennent des Maures; c'est
surtout en observant les femmes masquées
que l'on trouve cette origine vraisemblable.

Qu'on se figure un être élevé dans l'ignorance et privé de tout sentiment d'honneur
et de devoir, puisque l'obéissance passive
est la seule loi de son cœur et de son esprit,
en un mot, une femme comme sont toutes

celles des musulmans, recevant tout-à-coup
la permission de se mêler aux hommes, et
faisant les premiers essais de sa liberté
avant d'avoir rejeté les voiles qui jusque là
leur avaient dérobé ses traits. Ses manières
et sa conversation seraient précisément
comme celles des dominos de l'Opéra. La
ressemblance, à la couleur près, durerait
peut-être encore quand l'odalisque décou-
vrirait sa figure. C'était un profond moraliste que le sculpteur qui donna le premier
modèle du masque dont nos dames se couvrent. Un front bas et fuyant, caractère
éternel d'ignorance et d'incapacité, des yeux
plus fendus qu'ouverts, des yeux en coulisse
comme on les appelle, caressans et malicieux, mais dépourvus d'énergie et de tendresse. Un nez dont la ligne principale ne
manque pas d'une certaine grâce, mais qui,
retroussé vers sa pointe, et n'ayant pas une
saillie suffisante, annonce de la vivacité sans
profondeur d'esprit, de la taquinerie sans

courage; enfin, une lèvre supérieure, d'une longueur démesurée et d'une épaisseur africaine qui fait deviner sous le taffetas une bouche empreinte de sensualité : où trouverait-on un assemblage de traits et de qualités qui caractérisât mieux la dégradation de l'esclave et l'impudence de l'affranchie ?

Nous fûmes un peu glorieux de nous-mêmes, lorsqu'au bout de cette longue morale nous pûmes conclure que nous y formions plutôt des exceptions que des preuves. Ma pauvre amie ne songeait à intriguer personne, et moi je redoutais autant les attentions des hommes et des femmes que d'autres paraissaient les rechercher. Mon embarras augmenta après avoir reçu trois ou quatre interpellations d'un petit domino à cocarde rouge, qui m'avait découvert dans le petit coin où nous étions cachés... — Ah ! ah ! te voilà donc, martyr de la constance. On t'a vu rarement ici... Mais ta destinée s'accomplit enfin : il faut, au moins une fois,

y' venir traîner le boulet... est aisé de cacher des infidélités ; mais cacher à ta belle
qu'il existe des bals masqués, c'était un peu
plus difficile... Lève-toi donc un peu et promène ta compagne ; elle doit s'ennuyer de
rester assise. »

Le masque faisait le tour de la salle, et
chaque fois me visait à bout portant, comme
jadis, à Venise, une noire gondole, montée
par de mystérieux exécuteurs, passait et re-
passait pour lâcher sa bordée sur un pros-
crit.

Après ces preuves multipliées que nous
étions reconnus tous les deux, le sourire
d'un ami, son salut de main, le regard d'un
indifférent, me semblèrent guidés par la ma-
lignité. Mon délire exclusif était comme ces
piéges semés dans les jardins anglais et qui
partent également sous le pied innocent d'un
promeneur et sous la patte circonspecte et
malintentionnée de la bête fauve !

Je crus pouvoir échapper au domino en

suivant son dernier avis. Nous passâmes dans le foyer. Mais nous n'y avions pas fait un tour, que nous rencontrâmes un contrôleur beaucoup plus acharné. Aux premières paroles qu'il m'adressa, je crus que c'était encore le premier inconnu. Je remarquai bientôt qu'il avait une rosette blanche au lieu d'une cocarde rouge. Ce facile changement de décoration pouvait n'être de sa part qu'une ruse pour nous embarrasser davantage. Il ne tint pas à profiter long-temps de l'incognito ; sa malice et ses discours trahirent bientôt l'identité.

— Je veux, dit-il en s'approchant de Sakontala, t'apprendre à connaître l'honnête ami dans lequel tu as placé toute ta confiance. •

Sakontala fit un pas en arrière et voulut retirer sa main que le domino avait saisie. Elle n'y eût pas réussi sans mon secours ; je crus devoir lui prêter aussi celui de la parole.

— Comment! beau masque, ce n'est donc
pas assez de l'arme de la langue que tu ma-
nies pourtant assez bien? prétendrais-tu y
ajouter des voies de fait? Il serait prudent,
en ce cas, d'appeler main forte ; tu es seule ,
et cela signifierait que tu n'es pas digne des
égards dus à ton sexe. Un compaguon ferait
cesser nos doutes à cet égard, et peut-être
en te protégeant il te forcerait à te ménager
davantage. »

Le domino porta la main à mon côté droit,
et je l'entendis ricaner sous son masque. —
« Il y a là quelque chose qui devrait t'avoir
guéri de la fantaisie de demander des cham-
pions. As-tu donc oublié que les femmes de
ta connaissance en ont trouvé qui avaient le
bras ferme et le coup d'œil sûr? »

Sakontala était attentive. Ce qu'elle comprenait de cette énigme lui donnait de l'inquiétude. Je me baissai vers son oreille et
lui dis en anglais, pour la tranquilliser, que
le domino faisait allusion à quelque affaire

que j'avais eue avant mon voyage en Angleterre. Mais le domino me devina, ou il comprenait l'anglais, car il s'approcha de nouveau de Sakontala.

   — Mensonge! mensonge! l'histoire est
plus récente. Mais ne vous effrayez pas comme
cela !... Quelle tendre expression de terreur
dans ces yeux noirs !... — Ah ! beau masque,
si je ne t'avais pas suffisamment reconnu à
ton cavalier, il ne m'aurait plus manqué que
cela pour compléter ma certitude. Ma chère
milady, encore une fois, laissez-moi profiter de la franchise du lieu et de la circonstance, pour vous donner un charitable avis...
Votre ami est un homme à double face,
qui n'a respecté aucun des droits de l'hospitalité et de l'amour... Notre déguisement à
nous est momentané ; mais lui porte toujours
un masque de loyauté qu'il faut enfin que
j'arrache.

   « — Misérable! m'écriai-je avec l'accent
d'une indignation que je ne pouvais plus re-

tenir, mais que pourtant je trouvai bientôt la force de cacher sous l'ironie, au-delà de
laquelle les convenances du lieu ne permettaient pas de s'emporter... Tu parles de masque! Ah! je n'ai pas besoin d'arracher le tien!
aujourd'hui, comme toujours, je te reconnais à tes œuvres... Sans doute le signe blanc
que tu portes à la tête est un nénuphar de
la mare de Fontainebleau... Tu es aujour-
d'hui plus hardi dans ton persiflage parce
que je n'ai pas de houssine à la main... »

Le domino, qui presque toujours se pla-
çait devant nous pour nous forcer à l'é-
couter, nous avait fait ralentir le pas... et,
sans nous en apercevoir, nous avions causé
dans le courant des promeneurs un embarras qui grossissait de moment en moment.
Eux-mêmes l'augmentaient en en cherchant
la cause. Leur curiosité était excitée par le
ton animé de notre conversation; nous faisions évènement dans le bal.

Le domino, qui n'avait peut-être pas mieux

demandé, sut en profiter avec une admira-
ble présence d'esprit. « — Comment trouvez-
vous ce Monsieur? dit-il en s'adressant aux
groupes qui nous entouraient; il me menace
parce que je lui fais le compliment dont un
homme doive le plus s'enorgueillir. »

Le scandale commençait à devenir public,
j'eus l'idée d'y mettre fin en faisant une
trouée dans la foule. Malheureusement nous
étions à l'une des extrémités du foyer, loin
de toute issue; il fallut faire tête à l'orage.
Tout le monde était attentif; je fis bonne
contenance... j'avais même, au besoin, le
sourire tout prêt pour applaudir au coup
qui allait m'atteindre. Alors le domino,
d'une voix assez basse pour paraître discret,
et néanmoins assez élevée et assez distincte
pour qu'aucun des assistans n'en perdît une
syllabe : « — Il a eu le talent de se faire entretenir par une belle milady, et le talent plus
grand encore de lui persuader qu'il était un
héros de constance et de fidélité; tandis qu'il

est l'amant de toutes les femmes qui viennent dans la maison, et poursuit jusqu'à la
propre fille de son amie... »

Je dois rendre justice au public de l'O-
péra. Deux ou trois exclamations de dégoût
furent mêlées aux murmures flatteurs et aux
éclats de rire qui accueillirent cette confidence. J'avais saisi le masque de mon dé-
nonciateur, et j'allais, en exposant ses traits
au grand jour, mettre le public à même de
juger de la valeur de l'accusation par celle de
l'accusatrice... Mais je me souvins tout-à-
coup que j'avais quelque chose à mon bras
gauche, et je m'en souvins en n'en sentant
plus le poids. Sakontala venait de tomber
évanouie sur le parquet, où la foule, qui voulait reprendre sa marche, risquait de l'écraser sous ses pieds.

Une sentinelle, attirée par la rumeur,
m'aida à la transporter à l'extrémité du foyer.
La foule, curieuse, nous suivit jusque là, et
nous empêcha de nous couler derrière le

comptoir où étaient étalés les rafraîchisse-
mens.

Les gens du restaurateur, gauchement empressés, essayèrent de faire avaler un liquide
à Sakontala en soulevant le taffetas de son
masque. Une voix que je reconnus trop bien
s'écria avec un accent charitable qu'il fallait
lui ôter son masque tout-à-fait, pour lui permettre de respirer plus à l'aise... et ce conseil fut mis à exécution avant que j'eusse eu
le temps de m'y opposer. Sakontala revenant
à elle, passa la main sur sa figure nue ; et se
sentant exposée à l'œil du public, me cher-
cha de côté et d'autre. Ne m'apercevant pas,
elle poussa un cri d'horreur après m'avoir
appelé tout haut, et tomba dans un éva-
nouissement plus fort que le premier...

Non !... quand le banc où je me laissai
choir à ce moment eût été le chevalet de
l'inquisition ; quand les masques noirs qui
nous entouraient en eussent été les bour-
reaux ; quand les flammes de l'enfer m'eus-

sent attendu après celles de ses bûchers, mon
cœur n'aurait pas éprouvé de pires an-
goisses...

J'étais anéanti : j'entendis au-dessus de
ma tête un rire satanique étouffé sous un
masque. Cela me rendit un peu de force... Il
semblait que je n'en pusse retrouver que
par le désir de la vengeance. Je poursuivis
tête baissée le domino qui fuyait devant moi ;
mais il avait disparu dans la foule... J'étais
arrivé à un escalier où je vis écrit le mot
Sortie ; et je descendis rapidement. J'étais
sous le vestibule de l'Opéra avant d'avoir
rallié mes idées... Enfin je rencontrai les
gens de lady Graham, à qui je donnai une
instruction sommaire pour aller chercher
leur maîtresse dans le foyer. Mais tout-à-
coup je la vis paraître appuyée sur les bras
de deux officieux, qui, à sa prière, la con-
duisaient à sa voiture. Une foule de curieux
sortait sur leurs traces... Je me tins à l'é-
cart et dans l'ombre jusqu'à ce que j'eus

vu mon amie rouler en sûreté vers sa
maison.

C'est maintenant qu'il faudrait mourir de
honte! Comme l'apôtre, j'ai abandonné un
ami, je l'ai renié quand il était en danger,
et, plus coupable que lui, c'est ma lâcheté
qui lui a causé un irréparable malheur. Cette
nuit, en livrant Sakontala évanouie à des
garçons de café; en courant après le masque
qui l'avait insultée, en me tenant ensuite à
l'écart quand on la mettait en voiture, je me
flattais de poursuivre la juste vengeance de
son affront, ou d'user des ménagemens d'un
homme délicat... Imbécile! je n'obéissais
qu'à la crainte du ridicule. Vraiment, m'en
voilà bien à l'a⬛: le mépris et l'indignation
publique m'en garantiront sûrement.

Sa raison est aliénée... Cet égarement a-
t-il commencé dans le foyer, quand elle m'a
appelé tout haut et ne m'a pas retrouvé près

d'elle? Dans sa voiture, lorsque le mal au
cœur que les premiers cahots lui causaient
souvent sera venu combler la mesure de ses
souffrances et lui faire sentir plus cruel son
isolement? Ou bien (jusqu'où ne suis-je pas
réduit à chercher des consolations) dans sa
maison, en s'apercevant de l'évasion de sa
fille... Je ne sais. Mais l'égarement était manifeste, dans les premières paroles qu'elle
a fait entendre à ses domestiques et à
miss Seymour.

Mère tendre avant tout et toujours, la première chose qu'elle fit en arrivant à son appartement, fut de courir au lit de sa fille
pour l'embrasser selon sa coutume. Mais
Rachel n'y était plus, et les perquisitions les
plus scrupuleuses n'ont pu la retrouver depuis. Ses vêtemens de jour avaient disparu
de la bergère où ils étaient ordinairement
déposés. Les tiroirs de la commode à demi
ouverts offraient un désordre qui prouvait
qu'on y avait fouillé à la hâte pour faire un

paquet. Lady Graham, l'œil fixe et la respiration suspendue, écoutait les déclarations
de ses gens et les conjectures de miss Seymour. Lorsqu'il n'y eut plus moyen de mé-
connaître une évasion préméditée, elle pro-
féra, m'a-t-on dit, beaucoup de paroles in-
compréhensibles au milieu desquelles étaient
semés sans suite quelques mots anglais ou
français. Elle s'interrompait parfois pour
éclater d'un rire sardonique, puis se pros-
ternait la face contre terre, restait muette et
comme abîmée dans l'adoration ou la stupeur. Un instant après, elle se parlait encore tout haut dans cette langue bizarre et
mystérieuse avec un accent qui tenait le milieu entre l'imprécation et la prière.

Il était dix heures lorsque j'ai pu arriver
près d'elle. Il a fallu attendre qu'elle fût sortie d'un bain prescrit par son médecin qu'on
avait fait venir à la hâte. En me rencon-
trant dans le salon, celui-ci m'a parlé avec
la discrétion la plus impertinente de notre

aventure de la nuit dernière. Plusieurs journalistes de sa connaissance, et qui se trouvaient au bal masqué comme lui, avaient le
projet d'en régaler demain leurs lecteurs;
mais, à sa prière, ils ont bien voulu promettre de garder le silence. D'après les habitudes connues de ces messieurs, cela veut
dire que tous raconteront l'affaire *in extenso*.
Ce n'est pas tout : il m'a fallu endurer, parce
qu'elles étaient débitées d'un air flatteur et
amical, les insinuations les plus insolentes.
Toutes les dames qui ont entendu prononcer mon nom au bal envient le sort de sa
malade... Je dois être un amant doué de rares
mérites, pour m'attirer une vengeance si
noire et inspirer une passion si profonde!
Les héritières vont aspirer à ma main; les
dames les plus belles et le plus à la mode
vont s'empresser autour de moi pour que je
daigne leur jeter le mouchoir. La comtesse
du C...., qui, tous les matins, amuse le roi
avec la chronique scandaleuse de Paris, doit

16

lui avoir conté ma mésaventure. Elle veut absolument faire ma fortune : elle va me solli-
citer de l'activité dans mon grade, pour avoir
droit à ma reconnaissance et pour que je
puisse me montrer à la cour...

J'écoutais ces sottises d'un air sombre et
préoccupé. Le docteur crut que l'état de sa
malade m'inquiétait. « — Tranquillisez-vous,
dit-il ; ce ne sera rien : quelques douches, quelques saignées et la diète guériront cette indisposition en peu de jours. Sans doute, continua-t-il en étirant le col de sa chemise et jetant un regard de satisfaction sur le miroir,
comme pour s'applaudir de l'idée qu'il allait
émettre, sans doute ce sera un bonheur
pour ses amis, et pour la société à laquelle
elle sera rendue... Mais sous le point de vue
de la passion et de la poésie, elle est maintenant mille fois plus belle et plus intéressante que dans son état naturel. Tout à
l'heure, pendant que, drapée dans ses vêtemens de malade, et les cheveux flottans sur

les épaules, elle recevait l'eau froide que je lui faisais verser sur la tête, ses gestes solennels, son regard inspiré et une espèce de prière magique qu'elle marmottait, me rappelaient les Bayadères de Raynal ou les prêtresses de quelque divinité indienne, telles que les décrit l'enthousiasme des voyageurs...

On couperait volontiers la figure à des gens qui traitent avec cette frivolité les choses du monde les plus sérieuses, surtout quand ils en parlent à quelqu'un qui y prend un intérêt personnel et profond. Mais que de figures à couper! Les pareils du docteur sont si nombreux et si soutenus par la mode; que leur morale dégagée et leur pitié railleuse s'appellent délicatesse et bon ton.

—Entrez, monsieur, me dit en pleurant la femme de chambre, vous saurez peut-être ce que désire madame. Elle me parle depuis une demi-heure, et se fâche contre moi de ce que

je ne la comprends pas !.. Pauvre madame !
Elle qui était si douce, qui parlait avec tant
de bonté à ses domestiques ! Depuis que...
(elle balança sa main devant son front d'une
manière significative) , depuis, on dirait
qu'elle a oublié le français. Elle ne veut plus
parler qu'anglais, encore est-ce un anglais
si extraordinaire que miss Seymour n'en de-
vine pas deux mots. »

Je me glissai furtivement dans la chambre;
mon amie venait de passer dans un cabinet
voisin. Tout-à-coup retentit un bruit ricoché
comme d'un meuble qui serait tombé. Je
courus, et trouvai lady Graham, essayant
de traîner sur le plancher une cassette assez
volumineuse. Elle était d'abord montée sur
une chaise pour atteindre la cassette d'un
étage élevé, au risque de se faire écraser par
sa chute. J'étreignis la pauvre malade dans
mes bras en lui donnant les noms les plus
doux. Elle se dégagea avec une force prodi-
gieuse, et sans faire d'ailleurs attention à
moi, se tourna vers sa femme de chambre.

« — Le voilà ce coffre de Benarès que je vous demandais ; c'est le présent de noces de mon mari, portez-le près du bûcher. »

Je ne m'étonnai plus que miss Seymour eût peine à comprendre! Ce prétendu anglais était de l'indoustani : Ah! quand Sakontala me donnait mes dernières leçons, j'étais loin de m'attendre à trouver une occasion si pénible et si prochaine d'en faire usage!...

Nous transportâmes la caisse dans la chambre, et la plaçâmes près de la cheminée, je m'imaginai que c'était là ce que mon amie avait voulu désigner par bûcher, le mot cheminée n'existant pas dans la langue indienne ; avant la fin de ma visite, je compris qu'elle avait bien pu prendre le mot *bûcher* dans son sens propre.

Elle s'était montrée toute joyeuse après avoir découvert le coffre tant demandé ; mais quand elle l'eut ouvert et qu'elle en eut retiré quelques uns des objets qu'il contenait, elle bondit comme un faon, éclata de rire, battit

des mains. Ce fut en vain que j'essayai de
nouveau de l'occuper de moi ; j'eus beau l'appeler Jenny , milady , lady Graham : elle
avait oublié les noms européens , Sakontala
fit plus d'effet. « — *Kia bola,* répondit-elle en
se retournant brusquement.

» — *Hum toumara piara dhost hey.* Je suis
ton cher ami , ton ancien ami. »

Elle était en train de draper autour de sa
tête et de ses épaules une pièce de mousseline lamée d'argent. Elle courut à moi , en
rejetant derrière elle les deux pans de la
riche étoffe qui voltigeaient comme d'immenses ailes de l'insecte appelé demoiselle.
— Toi mon cher ami, mon ancien ami! dit-
elle d'un air moqueur. Puis contrefaisant le
mauvais accent avec lequel j'avais estropié les
paroles indiennes , et promenant une main
dédaigneuse sur mon menton rasé et sur
mon cou serré dans ma cravate : « — Kafour!
kafour ! infidèle , infidèle , » s'écria-t-elle en
ricanant et retournant continuer sa toilette.

Quand elle eut arrangé à sa fantaisie la mousseline , elle prit un panca de feuille de palmier, et se mit à éventer son kakatoës qui grignotait sur son perchoir une croûte de pain trempée de vin. Elle se balança quelques momens en fredonnant un motif doux et gai qui, avec quelques prières et deux ou trois imprécations religieuses, fait dans l'Inde le fonds de la langue des oiseaux parleurs.

« — Jeunes épouses, jetez votre anneau nuptial dans le puits au-dessus duquel le baya a suspendu son nid oblong et éclairé de mouches luisantes; jetez-y votre anneau à minuit pour savoir votre destinée.

» Si le baya le saisit en chemin (il vole plus vite que la pierre ne tombe), vous serez heureuses et fidèles; si l'anneau tombe dans l'eau, deuil et veuvage ; si un poisson l'avale, malédiction, adultère, inceste. »

Au lieu de répéter aucun passage de cette chansonnette, le capricieux favori lança au hasard trois ou quatre versets du catéchisme

qu'on lui avait enseigné en Europe; il finit
en appelant l'instructeur qui dans ce pays
s'était le plus occupé de son éducation.

« — Qui t'aime et te caresse? Rachel, Rachel, Rachel ! »

Ce nom ne pouvait pas frapper en vain les
oreilles de la pauvre mère.

« —Impitoyable Dieu de la grande rivière!
tu t'incarneras donc sous toutes les formes
pour me reprocher un sacrifice que tu exigeas?
C'était ma fille unique, le premier né de ma
race: tu m'as dit cent fois dans mes rêves
qu'elle causerait la ruine de son pays; de sa
mère, de sa religion : je te l'ai livrée. J'aurais
voulu abréger son supplice en ne te la jetant
qu'étouffée. Ma tendresse a résisté à cette hé-
résie de la caste détestée des Koudymar. Tu as
eu ta proie tout entière, j'ai vu ses membres
délicats se débattre sous les mille doigts de
Lotos dont tu les enlaçais ; j'ai vu son sang
teindre tes ondes quand tu les déchirais avec
tes cent gueules de crocodile. Gange, divi-

nité insatiable, que viens-tu me demander
sous ta figure de vautour ? Si quelques uns
des os de mon enfant ont été oubliés, tu les
retrouveras blanchissant sur les sables de ton
rivage... »

« Ici ses yeux s'étant arrêtés sur un portrait
de sa fille, qui était suspendu à côté de la
cheminée, elle le décrocha subitement et le
brisa contre le sol, après l'avoir baisé avec
frénésie. En en contemplant les fragmens,
elle se recueillit, et continua avec amertume :

—Jeune, disais-je ! Enfant ! vraiment non !
Le sacrifice a été plus grand et plus beau ;
mais il s'est accompli trop tard, et tes rêves
se réalisent, ô Ganga !

— Deuil et veuvage, cria le perroquet,
l'anneau est tombé dans l'eau !

« Alors elle déchira la mousseline, dont elle
était enveloppée, délia sa chevelure, la renversa sur ses épaules, et la saupoudra de
cendres. J'accourus pour l'empêcher de se
brûler avec les charbons ardens qui y

étaient mêlés. Ce ne fut qu'en cela qu'elle
ne me contraria pas; toutes les fois que je
m'approchais pour la calmer ou m'opposer
à ses mouvemens, ses gestes étaient si im-
pératifs, ses yeux si sauvages, sa volonté si
énergique, que la crainte d'exaspérer son
état et un certain ascendant surnaturel me
condamnaient au silence et à l'immobilité.

Quand le reflet noir de corbeau de sa chevelure fut tout-à-fait terni par les cendres,
elle récita lentement la prière de mort des
Hindous.

« Kaly, Kaly, ô déesse armée de terribles défenses, dévore, tue, détruis les mé-
chans, attache la victime à l'autel; saisis-la,
enlace-la de ton collier de têtes de mort, bois
son sang, sauve-nous; salut à Kaly... »

— Bonjour, Jacot, as tu déjeûné? cria le
perroquet après un éclat de rire, comme
pour neutraliser un peu l'effet tragique de la
prière.

« Il y a dans la pagode de Kaschyra une

paire d'énormes ciseaux ; on peut les faire
mouvoir avec un pied et s'y décapiter soi-
même.

« L'idole de Jaghernaut est promené dans
un char si pesant, que le croyant qui se jette
dessous est écrasé plus aisément que la figue
mûre dans la main. La cervelle qui rejaillit
sur les pieds de Dourga lui est plus agréa-
ble que le lait du coco au gosier altéré du
voyageur.

« Au confluant du Gange et du Jumna,
les monstres aquatiques sont plus abondans
et plus voraces ; la divinité du Gange a
dressé là son temple de prédilection. Les
vitraux en sont d'azur, d'émeraude et de
topaze, le sang de la victime les colore mo-
mentanément des reflets du grenat et du
rubis.

« Heureux les hommes qui vont chercher la mort à Kaschyra, à Jaghernaut, à
Hallahabad ; la nature les a dotés d'un cœur
d'acier ; mais la femme a besoin d'être sou-

tenue par la voix d'un ami ! Hary bal ! Hary
bal ! qui viendra m'encourager par ce cri ?

Le perroquet prononça distinctement mon
nom.

Sakontala parut surprise : après avoir prêté
l'oreille et passé la main sur son front comme
pour chercher un souvenir, elle s'avança
avec précaution vers le coin où je me tenais
debout, la tête basse et les bras tombans.
Je ne fus pas mortifié de voir qu'elle fît plus
d'attention à mon nom retentissant par hasard dans le gosier d'une brute qu'elle n'en
avait fait à ma voix et à ma personne. Dans
tout ce qui se passait alors, le destin semblait, en vérité, prendre plaisir à se jouer des
lois ordinaires. Le kakatoës conduisait réellement nos actions, et le dialogue ; après lui
le principal acteur était une femme aliénée ;
et moi, si j'avais l'esprit un peu plus lucide
qu'elle, j'avais sûrement moins d'énergie et
je comprenais moins bien la justice distri-
butive.

Sakontala échangea avec moi quelques regards inquiets et défians ; quand elle fut
parvenue à me faire baisser les yeux, elle
m'entraîna doucement vers un sofa, où elle
me fit asseoir à côté d'elle.

« — Écoute, murmura-t-elle d'un ton satisfait et confidentiel ; Calixte est une éma-
nation du serpent Addisechen ; je le retirai
chez moi, cela porte bonheur, m'avait-on
assuré ; il fut l'esprit familier de mon
bungalo, mais je m'aperçus un jour que son
contact rendait le corps tout bleu, comme
son venin le fit jadis à Vichnou. »

Ici elle releva une de ses manches, puis
se découvrit le sein pour exposer plusieurs
meurtrissures qu'elle s'était faites en se dé-
battant la veille dans ses attaques convul-
sives.

« — Ce n'est pas là que se bornait sa reconnaissance pour l'hospitalité...

» — Malédiction ! cria le perroquet, un poisson a mangé l'anneau.

« — Il est vrai, poursuivit-elle d'un air préoccupé, qu'il était en captivité ; mais l'éléphant, loin de maltraiter les femelles qui ont servi à le rendre prisonnier, brame tendrement en les flattant de sa trompe.

» — Malédiction, adultère, inceste! répéta le malencontreux kakatoës ; un poisson a mangé l'anneau. »

Sakontala regarda sa main gauche avec attention ; sa figure s'anima soudain d'une rage concentrée. « — Il est récompensé selon son mérite et ses goûts, poursuivit-elle d'une voix acrimonieuse. En présence de Moissasour et de ses huit cent millions de démons, dans les profondeurs du Taptaschourmy, il serrera dans ses bras une statue de femme de fer brûlant. »

Je sanglotais et mouillais une de ses mains ; elle la dégagea pour la passer doucement sur ma joue. Elle reprit d'un ton radouci, mais qui était encore railleur :

» — J'ai tort, il n'aime pas le scandale pu-

blic, il n'a jamais rien fait, même l'amour,
sans adresser sa prière à Ganesa, déesse de
la prudence et de la sagesse. Vraiment, il a
comme elle la sagacité et la trompe. »

Et elle tirait mon nez sans pitié ; puis, ricanant plus fort, et se rengorgeant d'un air
espiègle et coquet—il n'aurait pas conservé
sa tête d'éléphant, si j'avais su l'affubler
d'une bonne paire de cornes de buffle.

— Adultère ! cria de nouveau le kakatoës.

Pour cette fois, elle prit l'avis pour un
reproche; sa voix revint au timbre doux et
mélancolique que je connaissais si bien. —
« Vengeance, fruit enivrant, mais acerbe
comme le coing, mes lèvres te repoussent.
Ah! que plutôt la sainte loi du devoir s'ac-
complisse. »

Elle s'approcha de la cassette indienne,
et y fouillant avec curiosité : «—Objets chéris,
gages d'amour, nous allons retrouver ensemble l'époux de qui je vous tiens. Il est là, enveloppé dans le brocard funéraire; le chan-

vre, la poix et le beurre sont abondamment
mêlés aux bamboux , et les feront petiller. »

Elle avait orné ses poignets de bracelets;
elle passa autour de ses chevilles des jarre-
tières couvertes de grelots d'argent qui tin-
taient à chaque mouvement. Elle écouta vers
la rue, où des musiciens italiens faisaient, depuis quelque temps, une musique assez
bruyante.

— Harmonie funèbre ! fanfares de mort! je
vous comprends. Le chalumeau surmouglah,
le sistre, les cordes frémissantes du vina, du
sarindha, me rappellent les jeux et les plaisirs
de nos amours. Les soupirs de la flûte de
parabat, de l'harmonica de porcelaine, mes
premières tristesses... Le malheur est con-
sommé; que des anneaux de fer étouffent les
vibrations des cordes du sitar; le gigantesque Nagabote est blousé sourdement sur l'é-
léphant qui le porte. Et maintenant que le
naghour, le jourghedge, le d'hole, grondent
comme le tonnerre; que les cymbales et le

tamtam y ajoutent l'éclair : il faut étourdir
la pitié du peuple. Les fiers accens du clai-
ron ont enhardi ma faiblesse! fanfares de
mort, harmonie funèbre, je vous comprends
et vous obéis. »

Alors elle découpa avec des ciseaux l'as de
cœur d'une carte à jouer, et le colla sur son
front comme marque distinctive de la caste
braminique; elle prit une poignée de ces petites coquilles qui servent de monnaie aux
Indes, et les sema à droite et à gauche en
allant et en venant le long du sofa où
j'étais assis, interdit et comprenant à peine
ce que je voyais. Un dernier acte me fit
comprendre tout-à-fait.

« — Ces kauris, murmurait-elle, sont bons
pour guérir toutes les maladies : la frénésie
et la jalousie, la fièvre intermittente et
l'inconstance, le dégoût et l'empoisonuement,
l'indifférence et la léthargie... recevez-les, fidèles qui m'entendez, ils sont plus précieux
que les bijoux que j'y joins. » Elle se dépouil-

lait successivement de tous. Soudain saisissant dans la cheminée un tison enflammé, elle vint mettre le feu à plusieurs lambeaux d'étoffes qui étaient jetés sur le sofa. Je me dépêchai d'éteindre sous mes pieds les portions qui commençaient à brûler; puis, arrachant d'une main le tison que tenait Sakontala, j'enlaçai de l'autre sa taille afin de me rendre maître de ses mouvemens. Nous formions une espèce de caricature de ces groupes antiques, où figure toujours l'Amour armé d'une torche. Je poussai la ressemblance plus loin (je prodiguais le seul remède qui me parût efficace et que j'eusse à ma disposition), j'appliquai sur la bouche de mon amie un baiser capable de réveiller un mort.

« — Miracle ! s'écria-t-elle l'œil étincelant de surprise et de bonheur, il s'est relevé, il revient à la vie, et est rendu à mon amour. » Puis, se dégageant tout-à-fait, et me considérant avec un abattement douloureux. « Ce n'est qu'un Bélati... Il est venu par vanité troubler notre

sainte religion, insulter à ma vertu. C'en est
fait, j'ai perdu ma caste! Il ne me reste plus
qu'à descendre aux enfers pour rencontrer
mon juge redoutable, Jama; haut de mille
lieues, ses yeux comme un grand lac rouge,
sa voix comme le tonnerre au jour de la
destruction générale, son corps tout velu,
et chacun de ses poils plus haut qu'un palmier. »

Ces paroles étaient débitées plutôt avec la
routine d'une prière qu'avec l'accent de la
conviction. La voix faiblissait graduellement
à la malade, et le corps paraissait aussi affai-
bli que la voix. Je la soutins à temps pour
qu'elle tombât doucement. Quand je la vis
étendue l'œil terne, la poitrine sanglotante,
un remords me saisit : je craignis que ma
présence importune eût seule provoqué les
éclats violens de sa maladie et de sa douleur.
Je me jetai à genoux pleurant et embras-
sant ses pieds. «— Jenny, Sakontala, me par-
donneras-tu ce nouveau tort? Tu m'as donc

reconnu, puisque j'ai encore eu le pouvoir de t'affliger ? »

La femme de chambre entra pour m'annoncer que le médecin était revenu avec deux chirurgiens.

— Milady, chère milady, adieu. Nous la relevâmes et la posâmes sur le sofa. Je me penchai sur sa main en lui répétant mon adieu, je crus sentir qu'elle pressait la mienne. Je crus voir reluire la raison et l'indulgence dans son œil à demi rouvert. Des paroles anglaises erraient sur ses lèvres.

La femme de chambre me fit signe de sortir par l'escalier dérobé.

Elle guérira... Je la guérirai, me dis-je le cœur bouillonnant d'espérance.

Les médecins entrèrent.

Ils ont saigné, ventousé, puis saigné encore... Je sais un remède plus efficace pour

guérir Sakontala : lui donner des nouvelles
positives de sa fille, lui annoncer son prochain retour, la lui ramener, la jeter dans
ses bras, voilà les vrais moyens de faire
cesser son délire. Mais où trouver la fugitive? Jérémie ou la Saint-Alban savent sûrement où elle est. Pourquoi n'irais-je pas
puiser des renseignemens même à cette
source? Ce n'est pas la peur de quelques affronts de plus, ou de nouvelles scènes violentes... Tout cela se passerait à huis-clos; et
je dois bien à mon amie de m'y résigner si
son soulagement l'exige. Mais quelle autorité
puis-je faire valoir contre les bravades de ces
gens, s'ils me conseillent insolemment de
m'abstenir? Quel espoir, que les prières et
l'humiliation d'un homme haï réveillent dans
ces âmes infernales la commisération pour
le désespoir d'une mère? Non, décidément;
mon rôle n'est pas d'agir. L'action soulage
des chagrins et vous conquiert toujours un
peu d'estime. Cela serait trop glorieux. Il

faut qu'on me croie indifférent ou pusilla-
nime! Mon destin est d'avoir toujours la
souffrance la plus ignoble. Prévoir le malheur, le craindre et le causer; ensuite, lorsqu'il arrive, avoir les bras enchaînés pour le
détourner ou l'affaiblir, et se débattre secrètement contre son impuissance.

Ce n'est pas sans raison que je pense au
jugement du public. Quelque jour, toutes
les pièces de mon procès lui seront sans
doute soumises. Les journalistes ont déjà
tenu parole de la discrétion promise au docteur. L'aventure de l'Opéra a été racontée
en détail avec assaisonnement de fines plaisanteries et d'explications romanesques. Plusieurs journaux ont donné les noms propres
des deux principaux acteurs, et ce qui est
plus curieux, celui du masque qui nous
poursuivait. Il fallait, comme on dit, être
dans la bouteille pour savoir un tel secret.
Je ne serais pas étonné que la Saint-Alban se
fût préparé ce petit triomphe à elle-même.

Qui sait? il lui rapportera peut-être un grand profit. On fait grand cas de la passion à Paris : cette marchandise y est rare. Avec les talens qu'elle a pour fixer l'attention des hommes, il ne lui manquait qu'une occasion pour l'appeler. Elle se l'est ménagée en femme habile. Les feuilles les plus discrètes n'ont donné que des initiales, mais avec un tel accompagnement de qualifications, qu'il est impossible de ne pas reconnaître tout le monde. M. le baron C. de S.-T., ancien officier d'ordonnance du maréchal prince de la Moscowa. Voilà comme ils m'ont désigné. Mais ce qui prouve que leur réticence est une plaisanterie de plus, c'est qu'on renvoie à tel journal qui, dit-on, nous a nommés en toutes lettres.

Je me doutais bien de cette triste célébrité à l'empressement redoublé de mes connaissances à venir me visiter. Il pleut des cartes chez mon portier. Heureusement j'avais eu la précaution de faire fermer ma porte : sans

cela j'aurais passé ma journée à recevoir des
félicitations ou des condoléances dans le
genre de celles dont le docteur m'accabla.

Voulant éclaircir mes soupçons, j'allai aux
Tuileries lire les journaux. Il était neuf
heures, le pavillon de la loueuse était à peine
ouvert; un demi pied de neige couvrait le
jardin. J'y étais seul, je parcourus à la hâte
toutes les feuilles du jour sans faire grâce
d'une seule; puis je me fis donner successivement tous les numéros antérieurs depuis
une semaine. Une feuille à la main, un paquet sous le bras et d'autres paquets dans
les poches, je me mis à arpenter le tapis de
neige qui craquait sous mes pas. Je fus près
de deux heures à faire mon affligeante com-
pilation. En achevant la lecture du dernier
article, je levai les yeux, et me trouvai arrêté en face du café. J'étais si préoccupé, que
je ne remarquai pas d'abord un groupe d'é-
légans qui obstruaient la porte. Ils se parlaient vivement et s'interrompaient parfois

pour éclater de rire. Leurs yeux, et même
leurs gestes étaient si souvent dirigĕs de mon
côté, qu'à la fin ma distraction en dut être
finie. Un d'eux qui était en uniforme et que
je reconnus pour un ancien compagnon
d'armes, me joua le mauvais tour de me saluer en m'appelant tout haut par mon nom.
Plusieurs personnes qui passaient près de
nous en courant, et qui avaient bien froid ou
étaient bien affairées, s'arrêtèrent tout court
et me considérèrent avec curiosité. L'officier
s'avança pour me prendre la main.

« — Comment cela va-t-il, mon cher? Les
journaux de cette semaine ont été bien inté-
ressans. »

Je secouai la tête comme au sortir d'un
rêve profond, et lui répondis en grelotant :
— Il fait un froid de loup ; je vais me réchauf-
fer. Je lui tournai le dos et partis à grands
pas, abaissant mon chapeau sur les yeux et
croisant mon carrik sur mon nez. Arrivé
chez moi, je m'aperçus que j'avais oublié de

rendre les journaux à la loueuse, il fallut les renvoyer par mon domestique.

Et maintenant, comment sortir? il me semble que tout le monde connaît ma figure, et je sais que tout le monde lit les journaux! Horrible et redoutable puissance de la presse! Je sens bien qu'elle est dans son droit, le scandale est du domaine public; tant pis pour qui lui en fournit.

Et pourtant, qu'on serait heureux de trouver une tangente pour s'échapper de ces insupportables et fausses positions! J'irais bien bâtonner un folliculaire si j'étais sûr qu'il dût me poignarder ou me tuer en duel. Il me traînerait peut-être devant un tribunal, ou j'aurais le guignon de le tuer. Dieu merci, j'ai déjà assez de titres à la faveur publique. Il ne me manquerait plus que d'y ajouter les trophées d'une audience de police correctionnelle ou ceux d'un assassinat!....

Les deux heures passées sur la neige ont

augmenté un rhume que je négligeais depuis long-temps; ma poitrine est douloureuse
à l'endroit de mon ancienne blessure; je
crache un peu de sang. S'il pouvait me venir
une bonne fluxion ou une pleurésie! la maladie distrait de l'inquiétude ; la nécessité de
me soigner romprait un peu la continuité
de mes soucis.... Eh! malheureux! si je ne
pouvais plus aller chez Sakontala, passer la
plus grande partie de la journée auprès
d'elle, qui lui servirait d'interprète? qui la
soignerait?... Moi seul je sais l'occuper de
son chagrin favori. Ses naïvetés incisives, ses
paraboles amères, les bourrasques qu'elle
décharge sur moi dégonflent son cœur. Il
serait bientôt brisé si le chagrin y était refoulé par l'ignorance ou la gaucherie d'un
étranger. Autant vaudrait retirer son conducteur métallique à un édifice menacé par
la foudre.

Après cinq jours d'absence Rachel entama des négociations pour sa rentrée, en écrivant à sa gouvernante. Un si long retard
était une précaution superflue pour corro-
borer les effets de l'enlèvement. M. Jérémie
était son ravisseur; mistress Saint-Alban lui
avait donné asile. Les trois amis dûrent être
un peu déconcertés en apprenant le dérangement de la raison de lady Graham. Ce résultat, qu'ils avaient oublié de prévoir, faisait retomber Rachel sous l'autorité de tuteurs sévères, et qui pouvaient croire de leur
devoir de s'opposer au mariage. La pupille
devait être majeure pour se passer de leur
consentement; et quels que fussent maintenant les engagemens de l'amour et de l'honneur, il pouvait arriver bien des changemens en elle avant qu'elle eût atteint vingt-
un ans, époque de la majorité anglaise.

Les deux conseillers de la fugitive éprou-
vèrent des craintes plus immédiates quand
ils lui firent part de la nouvelle qu'ils ve-

naient d'apprendre. Rachel est douée d'un
caractère altier dont les explosions pourront
un jour être formidables. Heureuse, s'il
réagit au service du devoir aussi vigoureu-
sement et aussi souvent que sous l'aiguillon
de l'amour-propre! La vue éclaircie, l'esprit
irrité par ce puissant mobile, et sans doute
aussi par les alarmes de l'amour filial, elle,
se voyait tout-à-coup déçue par les évènemens, auxquels elle avait prêté sa complicité;
leur seul résultat positif était l'éclat cri-
minel par lequel elle venait de se manquer à
elle-même et à sa mère. Sans doute pour l'a-
plomb de Jérémie, pour l'astuce de mistress
Saint-Alban, ce ne fut qu'un jeu d'apaiser
l'indignation d'un enfant de dix-sept ans, et
de tranquilliser ses remords plus dangereux.
encore que sa colère. Ils n'y réussirent pourtant pas tellement bien qu'il n'en restât trace
dans la lettre qu'elle écrivit à miss Seymour,
et dans les premières explications qui eurent
lieu quand Rachel rentra à la maison.

Je ne m'y trouvais pas à ce moment; ce
fut commode pour la pauvre fugitive aussi
bien que pour moi. Elle aurait toujours imaginé que mes yeux lui faisaient des reproches; cette idée m'aurait affligé. J'aurais été
inquiet de la manière dont elle allait être
reçue par sa mère. D'un autre côté, j'étais la
personne au monde devant laquelle Rachel
voulût dans ce moment convenir le moins
de ses torts. L'amour-propre aurait peut-être
redressé de toute sa hauteur un caractère
amolli par le repentir et par la tendresse.

Sa lettre était arrivée de grand matin. Je
fus d'avis qu'on la présentât tout de suite à sa
mère. Les crises violentes, les saignées, les
bains avaient épuisé les forces de lady Graham, mais l'esprit demeurait rebelle; il pensait et parlait toujours indoustani. Bien plus,
son activité était continue. Depuis quatre
jours et cinq nuits il n'y avait pas eu un
instant de sommeil. J'espérai que la bonne
nouvelle tant désirée serait un calmant plus

efficace que l'opium et la lancette des docteurs. Je traduisis de mon mieux le fond de
la lettre que nous venions de recevoir, et la
posai ensuite sur le lit de la malade. Ce fut
assez pour lui donner envie de la lire. Son
attention redoubla quand elle eut reconnu
l'écriture. Elle lut rapidement des yeux, puis
répéta à demi-voix les passages qui la touchaient le plus. Ses yeux s'humectèrent doucement. Elle fixa avec attention et douceur
l'ami qui les essuyait. Enfin, des paroles
européennes se firent entendre distinctement. J'étais transporté : je m'agenouillai au
bord du lit, et remerciai tout haut Dieu du
changement favorable qui se manifestait de
plus en plus.

« — Qui que tu sois, me dit-elle, en me
tendant la main, je te remercie du bien que
tu viens de me faire ; et, si tu m'as jamais
fait du mal, ceci te le fait pardonner. Mais
est-il bien vrai?.. elle vit donc... elle n'est
pas perdue pour moi à toujours?...

» — Votre fille est dans Paris, toujours pleine d'amour pour vous, et revenue au sentiment de ses devoirs. — Je la reverrai donc? — Aujourd'hui même; elle vous a écrit pour vous annoncer son retour. — Bien sûr? — N'en doutez pas. »

Il eût semblé que cette assurance dût exalter l'imagination et combattre le sommeil avec plus de puissance que l'aliénation ne l'avait fait jusqu'à ce moment. Mais le premier signal du retour de la nature à ses lois ordinaires est le sentiment énergique des besoins. Ils peuvent être long-temps trompés par la volonté tendue vers un but, par une curiosité fortement excitée; une fois le but atteint, la certitude acquise, ils retombent de tout leur poids multiplié par la fatigue profonde qu'a imprimée la tension morale. Le général qui a veillé plusieurs nuits pour préparer la victoire, s'endort sur son cheval au moment où il est certain que la victoire est gagnée. Le matelot qui, après quarante

heures de manœuvres, acquiert la certitude
qu'il ne peut sauver son vaisseau, cède au
sommeil en présence des horreurs de la mort.
Mon amie y céda devant une perspective au
moins aussi capable d'émouvoir, l'amour
maternel passant du désespoir à l'espérance.

Elle dormit tout le jour. Ce ne fut qu'à
cinq heures, quand sa fille arriva, qu'on se
décida enfin à la réveiller. Enfant gâté du
sort, Rachel, n'aperçut pas même à distance
la moindre trace du dérangement moral que
sa fuite avait causé. Lady Graham sortit de
son sommeil avec sa raison tout entière. Mais
les ravages rapides que le corps avait éprou-
vés n'en étaient devenus que plus visibles. Des
yeux caves et plombés, des joues creuses et
d'une pâleur mortelle, des lèvres décolo-
rées et flétries, voilà ce qui frappa les regards
inquiets de Rachel, quand elle entra dans la
chambre de sa mère. Qu'avec cela lady Graham eût gardé un moment le silence et eût
regardé sa fille d'un air sévère, la punition

eût été trop cruelle pour la coupable ; elle
l'eût été davantage pour l'offensée. Se soule-
ver sur ses coussins, ouvrir ses bras à sa
fille et la suffoquer d'embrassemens mater-
nels, rendre tout haut grâce au ciel de son
retour, voilà les seuls reproches qu'elle lui
adressa. Rachel s'attendait presque à cet accueil ; mais elle s'en rendit digne par la manière touchante avec laquelle elle y répondit. Les âmes fortes, les intelligences supérieures, quand elles sont tranquilles du côté
de la fierté, ne sont jamais en reste de générosité. Elle confessa ses torts avec une humilité qui enchanta sa mère. Elle combla la
mesure en protestant pour l'avenir de son
entière et absolue soumission à ses volontés.
Lady Graham eut la bonté de ne pas observer qu'il était un peu tard pour cette abdication ; et, pour ne pas perdre un temps
précieux et faire un usage débonnaire de sa
dictature, elle demanda à sa fille si réellement elle aimait Jérémie, si elle en était ai-

mée! Des yeux baissés, des pleurs, des baise-
mens de main furent la réponse à ces questions. Alors lady Graham demanda si Jérémie
avait l'intention de reparaître, et se montra
prête à l'accueillir et lui pardonner.

J'arrivai à propos pour mettre fin à cet assaut : Rachel, un peu gourmée par ma présence,
arrêta la prodigalité du cœur de lady Graham. Ce fut mon tour de m'humilier : d'abord,
parce que j'avais des torts trop réels, et puis,
par pitié pour la position de Rachel. Chaque
accusation que j'élevais contre moi diminuait
d'autant ses charges. Notre juge commun
tourna vers moi l'inépuisable flot de sa bonté.
Elle parla avec ravissement des soins que je
lui avais rendus pendant sa maladie ; redit
avec complaisance les détails qu'elle tenait de
ses gens. Quoique depuis le bal masqué le
souvenir de tout ce qui s'était passé ne lui
restât plus que comme un rêve vaporeux,
elle m'assura, en me serrant affectueusement sur son sein, qu'après la douleur de

la perte de sa fille, l'impression qui avait le plus dominé dans son âme était le charme qu'elle avait trouvé dans le dévouement de l'inconnu qui lui faisait compagnie. Rachel m'envoya un regard scrutateur qui aurait pu devenir envieux, si je m'étais rengorgé au bruit de l'hymne de reconnaissance. Il y a quelques semaines, j'aurais posé avec chagrin la question de convenance pour des explications si tendres en présence d'un tiers; aujourd'hui, je suis bien changé. Aucune pensée mortifiante, au moins pour mon amie, n'est venue troubler le plaisir avec lequel je la voyais sentir et épandre son bonheur. Serait-ce que les reproches de ma conscience me rendent enfin indulgent? Cette cause aurait bien tardé à agir! Non, c'est le spectacle récent de la maladie de Sakontala qui continue pour sa personne le respect que m'a inspiré son malheur! C'est, chose inconcevable, le dérangement momentané de sa raison,

qui m'a donné pour sa raison une estime que
je n'avais pas auparavant!

Jusque là , la passion , cette pantomime
d'une nature ignorante, cette langue des esprits bornés avait été notre moyen le plus
fréquent, et presque notre seul moyen de
communication. Sakontala n'en exploitait
que le genre doux et passif; moi , l'actif et
le violent. Mais enfin j'étais descendu sur
son terrain en désespoir de l'attirer sur le
mien. La semaine dernière j'ai vu clairement
dans son intelligence et dans son caractère
cette force qui jusque là s'était tenue cachée
dans ses sentimens. La maladie pourrait-elle
aiguiser à ce point des facultés obscures? en
créer de toutes pièces? Non , alors il a pu
m'arriver de traiter d'incapacité et de faiblesse ce qui n'était que modestie et modération! Sakontala est Indienne: Indienne
d'éducation première et de religion. Dans
d'autres langues, dans d'autres mœurs , les
facultés sont comme enveloppées d'un voile.

Les étranger ont rarement du sens, de l'esprit et de la tenue à la manière du pays nouveau où ils se trouvent. C'était cette impossibilité d'acclimatement, ce désorientement
perpétuel qui causait ma perplexité. Deux
ou trois fois j'avais aperçu, comme une seconde vue, cette poésie d'intelligence, cette
dignité de caractère qui étaient mal à l'aise
dans nos mœurs et nos langues d'Europe.
Réfugiées en Asie, elles se sont placées au
premier plan et ont brillé de tout leur éclat.

Je suis arriéré de plusieurs jours : j'avais
peine à écrire quelques lignes de suite. Le
médecin m'a sévèrement défendu le travail.
Je ne m'étais jamais imaginé que mon journal fût quelque chose de ce genre. Raconter
l'emploi de ma journée n'avait jusqu'ici exigé
aucune contention d'esprit. La plume cou-
rait toute seule, et ce qu'elle retraçait je le

voyais à peine, comme un spectateur curieux, plus souvent comme un indifférent.
La mémoire semblait tenir en repos toutes
les autres facultés après, aussi bien que pendant la rédaction. Je me sentais tranquille
après cette espèce de confession, quoique
l'absolution ne pût pas toujours être au
bout.

Mais, ces jours passés, il m'a fallu supporter mes peines sans pouvoir les épancher,
les soulager par le moyen accoutumé. La
roue d'idées affreuses qui tournoie dans ma
tête me causait un vertige quand je prenais
la plume. Il me semblait que mille démons
tiraient devant mes yeux d'éblouissans feux
d'artifice, ou les obscurcissaient subitement
avec leurs grandes ailes de chauve-souris.
Tocsins, glas, cliquetis de chaînes, siffle-
mens de serpens, cataractes mugissantes,
tous les bruits du sabbat assourdissaient mes
oreilles. Mon cœur tantôt se gonflait comme
une outre, et tantôt était prêt à éclater comme

un œuf d'où voudrait s'échapper un énorme
vautour. Deux ou trois fois je me suis évanoui sur ma table. Aux autres épreuves, j'ai
cessé à temps pour pouvoir regagner ma
bergère ou mon lit.

L'Esculape a jugé que le sang me tourmentait et m'a prescrit une saignée copieuse.
Ces hommes matériels ne s'occupent que
du symptôme; pour la cause, ils la négligent toujours. Il est vrai qu'il ne la connaissait pas; je ne le prends pas pour confident de mes peines. Mais enfin, moi qui les
connaissais, je m'administrai un remède que
je crus plus convenable pour calmer l'agitation de mes nerfs... Hier soir, en me couchant, je bus une large dose d'une préparation d'opium que j'ai rapportée d'Angleterre...
J'espérais bien être guéri ce matin...

Mais il paraît que le médecin avait un peu
raison, et qu'une saignée était indispensable. La nature l'a faite. A mon réveil, les
premiers efforts de toux m'ont fait rendre

plein une cuvette de sang rutilant. Maintenant, je suis comparativement soulagé ; et,
malgré un peu de faiblesse, je vais, je l'espère , être capable de rallier mes souvenirs.

Sakontala , toujours aussi prompte à oublier le passé sous l'empire des émotions
agréables, s'enivra à la pensée du mariage de
sa fille presque autant qu'au plaisir de la
voir revenir après son enlèvement.

« —Ils s'aiment, ils s'adorent, répétait-elle
sans cesse , il faut se hâter de les rendre heureux. » Quoique je ne partageasse pas tout-à-
fait sa manière de voir sur le considérant,
je fus obligé de faire chorus avec elle sur la
conséquence. Ah ! Rachel avait une longue
perspicacité, quand elle m'insinuait qu'un
jour je deviendrais, malgré moi, le protecteur de ses amours. Quel autre moyen de réparer le tort déjà fait au nom de Rachel,
d'en prévenir un plus grand, et d'épargner
au cœur de sa malheureuse mère un second

choc auquel ni sa raison ni sa vie ne résis-
teraient? Rachel triomphait, et c'était moi
qu'elle traitait en ennemi vaincu. Elle était
fière et hautaine; avec sa mère, elle enfer-
mait sa satisfaction dans des formes plus
modestes. Caressante, affectueuse, elle s'é-
panchait en utopies de bonheur futur. Un
de ses thèmes favoris était le plaisir qu'elle
allait éprouver à partager avec sa mère la
fortune que le sort lui donnait. Elle ne niait
plus que M. Jérémie eût pris connaissance
du testament; mais elle soutenait que, loin
de vouloir exciper de ses clauses, son
intention était d'y faire une renonciation
formelle; que d'ailleurs il était riche et n'a-
vait pas besoin de la fortune de sa femme.
Sakontala ne manquait pas, à ma première
visite, de me citer ces preuves des sentimens
honorables de son gendre; et si j'avais le malheur de montrer le moindre signe d'incrédulité, il me fallait subir de nouveaux reproches sur mon incorrigible défiance.

M. Jérémie avait été reçu plusieurs fois.
Sakontala, qui ne me faisait pas grâce d'un
détail, m'avait raconté mot pour mot tout
ce qu'il dit le jour de sa rentrée en grâce. Il
avait habilement fait valoir les motifs pour
lesquels sa future belle-mère avait toujours
de l'indulgence en réserve. Depuis, il était
revenu régulièrement tous les soirs au thé.
Sa tenue était parfaite ; très empressé auprès
de sa future, plein d'attentions pour lady
Graham, et d'une politesse exquise pour les
autres assistans ; il avait même poussé la sollicitude jusqu'à ramener M. Lacroix des
Bouquets pour faire la chouette à sa belle-
mère et à miss Seymour pendant les momens
où il s'oubliait avec Rachel. Cette fois, c'é-
tait le neveu qui patronisait l'oncle.

Lady Graham, malgré le plaisir qu'elle
trouvait dans ces soirées, avait la bonté de
regretter quelque chose. Je n'y avais jamais
paru, peu soucieux que j'étais de me trouver nez à nez avec M. Jérémie. Non qu'il fût

assez mal élevé pour me faire mauvaise mine.
D'ailleurs il avait, maintenant comme autrefois, le rôle brillant, et celui-là donne de
l'assurance et de la générosité; mais ma présence n'était pas absolument nécessaire, et
l'affaiblissement de ma santé, en augmentant
ma susceptibilité morale, avait diminué dans
la même proportion la faculté de dissimuler
l'embarras. Tel est au moins le prétexte que
j'alléguai à mon amie, quand elle parla sérieusement de me raccommoder avec l'homme
qui avait fait couler mon sang. Les véritables
raisons ne pouvaient se dire sans révéler le
secret du duel et sans trahir ma rancune.
Elle était profonde, et la perspective prochaine des nouveaux chagrins que cet homme
allait causer à mon amie ne contribuait pas
à la diminuer. A défaut des raisons que je ne
voulais pas donner, je crus, comme Sakontala le faisait toujours, pouvoir tout légiti-
mer par mes sentimens. Je laissai voir avec
abandon et franchise toute la répugnance

que m'inspirait la démarche qui m'était demandée.

« — Je t'entends, dit-elle avec amertume; tu saisis avec empressement le premier prétexte qui s'offre pour diminuer tes visites. Ce sera sans doute un acheminement à n'en plus faire du tout.

» —Hélas! répondis-je en balançant tristement la tête, si je ne prends mon congé aujourd'hui, les convenances me chasseront demain. »

Elle me regarda avec une inquiète curiosité : « — Que voulez-vous dire ? Ne serai-je pas toujours la maîtresse chez moi ?

» — Sans doute; mais il y aura deux maîtres nouveaux, plus exigeans et plus scrupuleux que vous.

» —Je les logerai hors de mon appartement, dans cette maison ou dans une autre ; dans un autre quartier s'il le faut; je les verrai souvent, mais la police de ma maison me restera tout entière. -

» —Et, murmurai-je en cachant mes yeux dans ma main, l'œil sévère et savant d'une fille mariée, les regards, les conseils, les propos d'une société plus nombreuse et où se trouveront nos ennemis secrets....

» — N'ai-je pas, n'avons-nous pas bravé pire?

» —Oui, mais c'était avant le carnaval.... »

J'aurais voulu que la terre s'entr'ouvrît sous moi quand j'eus lâché ce mot. Il fit pousser une exclamation en langue indoustani qui me fit frissonner. Je me trouvai presque heureux quand je vis Sakontala fondre en larmes et que je l'entendis parler une langue européenne. Sa raison était intacte puisqu'elle se lamentait au souvenir que je venais de réveiller imprudemment. «—Ah! malheureuse! ma honte a été publique, elle rejaillirait sur ma fille. Ma fille a le droit de la repousser.

» Mais, continua-t-elle en essuyant rapidement ses pleurs, et comme illuminée sou-

dain d'une ressource consolatrice : au moins,
il nous reste un asile... Chez toi... Point
d'importuns, de surveillans incommodes.
Le matin, de bonne heure, enveloppée d'un
grand manteau, ou cachée au fond d'un
fiacre, j'y viendrai... Je triompherai de ma
paresse, je me lèverai de bonne heure.... J'y
viendrai la nuit.... »

Et elle avait saisi ma main et elle la serrait
faiblement, mais c'était de toutes ses forces.
Moi je serrai sa main plus fort, mais je n'y em-
ployai pas toutes les miennes : je tremblais. A
ses regards pleins d'enthousiasme et d'amour
je voulais répondre par des regards semblables, et mes yeux hésitaient comme ma
main.

Jamais mon amie n'était venue chez moi...
Ce singulier noviciat m'embarrassait, m'ef-
frayait presque comme si nous eussions été,
moi une femme et elle l'homme demandant
un premier rendez-vous. Je pensais à mon
portier et à sa nombreuse famille, aux

fâcheux, aux amis, aux voisins et à leurs caquets. Mais enfin, la douleur que j'avais
causée me fit pitié, et pour ne pas marchan-
der le dédommagement que je devais à mon
amie, je consentis à tout ce qu'elle voulut.
J'allai même au-delà de la demande à laquelle elle se bornait en dernier lieu, j'ou-
bliai les obstacles insurmontables que nous
venions de trouver à mon raccommodement
avec M. Jérémie : je lui offris de consommer
ce pénible sacrifice. Ma résignation l'enchanta.

Le plus fort était fait ; l'exécution n'eût
été qu'une contrariété. Mais il était écrit que
je n'y serais pas expos . j'en fus affranchi
par une horrible catastrophe. Toute ma vie
j'ai éprouvé des compensations de ce genre.

Les jeunes amans, qui ne se souciaient
guère de me revoir, et qui, de plus, ne trouvaient pas leur compte dans les conseils que
je pouvais donner à lady Graham pendant
que le contrat de mariage se dresserait, trou-

vèrent un moyen infaillible pour m'en éloigner. Jérémie lui conta mon intrigue avec
mistress Saint-Alban, satisfaisant ainsi d'un
coup à sa haine contre moi et à la reconnaissance qu'il devait à son ancienne maîtresse
et à l'entremetteuse de ses amours. Il lui
conta d'autres choses qu'il savait moins bien
sans doute, et notamment un mariage que
j'aurais négocié avec la fille du général A. Le
cœur débonnaire de Sakontala eût pu pardonner tout cela. Son mérite eût été grand,
car elle a toujours admis la ressemblance
absolue des sentimens dans les deux sexes
et professé la stricte égalité des devoirs réci-
proques. Son mérite en eût été grand, car telle
était son ignorance du monde, si entière
était sa confiance en moi, que jamais, excepté
pendant sa maladie, elle n'avait élevé un
soupçon sur ma constance, sur ma fidélité.

Mais Jérémie exploita aussi les confidences
de sa future (je n'ose croire que Rachel ait
parlé elle-même); et pour la première fois,

Sakontala sentit son cœur inondé des poisons de la jalousie en même temps que des remords de la ver.... Elle prit la plume pour me faire défense de la revoir. Mais la frénésie n'est pas laconique. Après avoir couvert plusieurs petites feuilles, elle en prit une grande, qu'elle couvrit aussi.

Chaque mot était un coup de poignard. Les plus forts étaient reçus avec plus de reconnaissance, ils étaient les plus mérités. Les autres avaient un venin subtil : c'était ma conscience bourrelée qui le distillait, lorsque je pouvais reconstruire quelque expression de pitié ou d'indulgence avec des caractères nageant à demi dans les larmes.

Mais après avoir lu et relu ces feuilles vengeresses, les combats intérieurs ont épuré mon désespoir. Je pourrais affronter sans terreur la rage malaise de la tigresse blessée. Je sens que je n'ai jamais été en reste d'amour; peut-être en ai-je donné plus qu'elle, car j'ai aimé de toute mon âme et de tous mes sens!

Mais l'amour est désormais fini entre nous,
et demain le cœur même de Sakontala sera
vide! Alors restera la juste indignation
contre l'ami traître, le mépris pour l'hôte
félon; et moi je verrai toujours planer sur
nos têtes la malédiction solennellement ful-
minée par Sakontalá, et contre moi, et contre
elle-même!

Je ne désire point la mort... Il faut que
chacun ait le courage de faire pénitence de
ses méfaits... Si pourtant elle voulait prévenir mes vœux, ou m'envoyer des avertisse-
mens plus significatifs!.. Que n'en puis-je
croire les hochemens de tête du docteur, et
l'insignifiance de ses prescriptions! Il n'y
aurait plus qu'à s'appuyer sur son oreiller et
épier l'accomplissement du grand mystère.
Mais Lasinec est un médecin tant pis, et
je me retrouve toujours avec de vulgaires
besoins, avec une prudence poltrone qui sentent encore et l'amour et la ténacité de la
vie... Quand il vous plaira donc, ô mon Dieu!

Sans doute que vous voulez me conserver pour expier mes torts ou tendre à ma complice une main secourable, dans les nouveaux malheurs que j'ai accumulés autour d'elle....

Ma poitrine se fend... mon cœur se déchire; un tourniquet de fer rouge me sangle le front. La douleur répond pour le ciel. Obéissons-lui.... Des mains serviles viennent m'importuner.... Je les ai laissé faire.... J'espérais que des précautions ignobles, des soins dégoûtans, me rendraient la force de continuer à déposer ici mes impressions. C'en est fait, cet allègement de ma misère, il faut y renoncer aussi... Je pose la plume. Sois satisfait, ô ciel! mon corps se consume, mon âme se calcine, et je m'écoute souffrir!

SAKONTALA

A PARIS.

LIVRE QUATRIÈME.

RÉCIT D'AUGUSTE.

RECIT D'AUGUSTE.

⋙ ❁ ⋘

L'ami d'un Melancolique.

⋙ ❁ ⋘

J'étais du nombre de ces importuns auxquels Saint-Tropez avait fermé sa porte.
C'est moi qui, de service au château et
sortant du café des Tuileries, étais venu l'ac-
coster pendant qu'il lisait les journaux.

J'épiais depuis long-temps l'occasion de me raccommoder franchement avec lui : l'éclat que faisait s n aventure du bal masqué m'en fournissait une excellente. Il n'y avait pas moyen qu'il dissimulât plus long-temps : le nœud de notre commun embarras était tranché.

Saint-Tropez m'avait naïvement confié ses amours avec lady Graham, tant qu'ils ne s'étaient composés que d'espérances, de désirs, de projets en tout bien tout honneur. J'étais son vieil ami. Mais, en homme délicat, il s'était tu quand les amours avaient été plus positifs. Le pauvre garçon n'en faisait jamais d'autres. Une guimpe de religieuse lui aurait mieux convenu qu'une pelisse de hussard, ainsi que nous le lui redisions sans cesse dans nos causeries de garnison. Là aussi, il nous abandonnait à regret le secret d'une relation platonique, en échange de cent confidences, que ses camarades commençaient toujours par le dénouement, selon la coutume mili-

taire. Je n'étais pas le moins avantageux de
tous, et sous beaucoup d'autres rapports
mon caractère différait encore plus de celui
de Calixte. Cela ne nous empêchait pas de
vivre fort bien ensemble. J'étais Ormus, lui
Ahrimane : mais qui est fait tout d'une
pièce, dans ce monde? ou qui n'a pas plaisir
à regarder un pays qui diffère du sien? Calixte était fort tolérant pour mon humeur
folle, je dois même lui rendre cette justice :
personne n'en riait de meilleur appétit que
lui. Le rire venait de loin; il avait le temps
de prendre du champ. Moi, je trouvais mon
profit dans ses goûts sérieux, son instruction, ses habitudes d'ordre. Parfois même
j'écoutais avec intérêt ses châteaux en Espagne et ses sermons de rêve-creux. Quoiqu'il n'eût pas la prétention de me gouver-
ner, il était flatté de la déférence que je laissais souvent paraître pour son jugement.
Il faisait d'ailleurs le plus grand fond sur
notre amitié d'enfance. Moi j'avais trouvé

moyen de prendre plus d'ascendant sur lui.

Je me moque de l'opinion publique, soit qu'elle blâme, soit qu'elle raille; je n'ai pas d'ambition; Calixte en avait beaucoup. La peur d'un reproche public ou d'un ridicule lui donnait mal au cœur. Je voulus le corriger de cette faiblesse par un moyen qui m'avait réussi à moi-même. En entrant dans le monde, je m'étais senti un peu de timidité : rester sur la défensive contre les airs gouailleurs et les propos piquans augmentait mon dépit et ma gêne, je saisis le parti désespéré de prendre l'offensive sur les ennemis que je redoutais. J'étais si bien doté par la nature, qu'en peu de temps j'avais fait taire leurs batteries, et m'étais acquis une fort jolie réputation de causticité. Ma verve a dégénéré en bouffonnerie, grâce aux applaudissemens des cercles que je fréquente : ils sont acquis à quiconque osé monter sur les planches et soutenir effrontément son rôle. Tout en riant de mes charges, comme

spectateur, chacun redoutait secrètement
d'en faire les frais. Cependant je fais par-ci
par-là quelques dignes élèves. Ils échappent
bientôt à mon joug en déployant une parfaite indépendance. C'est ainsi que j'aurais
voulu former l'éducation de mon ami Calixte. Malheureusement je n'y pus réussir,
quoique je fusse persévérant et impitoyable.
Il continua toujours à adorer son idole, les
convenances; il fallut, par compromis, se
réduire aux plaisanteries à huis-clos. Pour
lui, c'était troquer une lourde chaîne contre
un mince petit anneau. Je me flattais que ce
serait l'anneau passé dans la lèvre du buffle,
et avec lequel le conducteur peut toujours
stimuler sa paresse ou dompter sa sauvagerie.
Plus j'y réfléchis maintenant, et plus je
crains de m'être trompé! L'amitié me fe-
ra-t-elle absoudre si j'ai été cruel sans profit
pour l'amitié?

Sollicitude.

☞✦☜

J'avais trompé la vigilance des portiers
et des domestiques, et pénétré jusqu'à la
chambre à coucher.

« —Encore au lit, paresseux! (Il était midi.).
Mais c'est tant mieux pour moi; ici, au
moins, tu ne m'échapperas pas, et ne me
tourneras pas le dos comme aux Tuileries....

Allons, sans rancune, mon cher... Tu broies
du noir... tu te laisses ronger par le souci...
J'arrive à temps pour te guérir. Tu me connais, je suis le grand apothicaire de ces
maux. »

Calixte m'avait laissé prendre une main
qui gisait sur sa couverture, et me regardait
sans mot dire. Sa main brûlait : je la secouai
un peu rudement. Il fit un effort pour la
retirer, et une expression de vive souffrance
agita les traits de sa figure. Ce ne fut qu'a-
lors que je remarquai l'attitude pénible dans
laquelle il était obligé de se tenir dans son
lit. Sa poitrine, élevée par des coussins, était
inclinée vers le côté droit. Elle semblait
n'admettre l'air qu'avec beaucoup de diffi-
culté. Calixte me voyant inquiet et attentif,
me fit signe d'approcher mon oreille de sa
bouche. Il commença quelques paroles d'une
voix très basse qui était dominée par un râ-
lement profond et périodique.

— Je te remercie de ta visite, je suis un

peu malade ; j'espère que ce ne sera pas long.

Une explosion de toux longue et violente amena plusieurs crachats sanglans. Il fut quelque temps à les regarder fumer dans son mouchoir, puis m'envoya un coup d'œil ironique. Je me remis à plaisanter pour éluder le terrible argument que sa pantomime semblait me porter.

«—Eh! bien, va pour la maladie: un rhume, un crachement de sang, ce sont maux de saison. Mon cher enfant, cela vaut mieux que le chagrin et le souci. »

Calixte secoua la tête, comme pour dire que l'un n'empêchait pas l'autre; je fis semblant de ne pas le remarquer.

«—Pour guérir cela, mon vieux camarade, il faut avaler force tisane. Tu l'aimais beaucoup autrefois, je m'en souviens, mais c'était celle de Sillery. Je parie que tu es un peu moins avide de celle que te fait ta garde-malade? Mais nous y mettrons bon ordre : tu verras si je sais exécuter les consignes du docteur. Je viens, dès aujourd'hui, m'établir chez toi. Voici mon quartier-général : ton canapé sera un excellent lit-de-camp.... Justement mon service est fini; mon régiment va partir pour Orléans; je prends un congé de trois mois. Hier, capitaine de hussards, aujourd'hui garde-du-corps; vivent les cumulards; mon cheval mangera à deux râteliers. »

Mon ami me tendit la main et leva les yeux au ciel avec une douce expression de contentement. Au bout de deux heures j'étais installé chez lui, disputant à ses gens l'honneur de le servir, lui faisant lecture de livres, de journaux; lui contant la chronique scandaleuse de Paris; et, quand tout cela était épuisé, tirant de mon propre fonds plus de balivernes qu'il ne pousse d'orties le long des remparts d'une place démantelée.

En peu de jours il me fut démontré que j'avais la puissance de l'occuper, de le faire rire même, c'était beaucoup. Mais le souci

est un ennemi qu'il, faut attaquer sur son
propre terrain ; et] ↄur cela il faut le connaître : je voulais une entière confidence.
Avec mes antécédens, la moitié du chemin
était déjà faite pour arriver à ce but que je
poursuivais ardemment. Calixte, harcelé par
mes plaisanteries, vaincu par mes attentions,
avait bien voulu ne pas nier ce que la voix
publique m'avait déjà appris et tout ce que
j'étais en droit de conclure de sa correspondance d'Angleterre et de ses froideurs de
Paris.

J'apercevais clairement ici le fond obligé
de toutes les intrigues : l'enchantement
qui prépare, le désenchantement qui suit la
possession ; les ennuis d'une habitude tem-
pérés par quelques infidélités, et celles-ci
rendant enfin l'immense service d'amener
une rupture. Mais, bon Dieu! où trouver dans
tout cela de quoi motiver la profonde blessure que le cœur de mon ami paraissait avoir
reçue? Passe encore si les infidélités eussent

été du côté de sa maîtresse ; s'il l'eût aimée
au moment où elle l'aurait trahi. Il était arrivé précisément le contraire , je m'y perdais.
La lecture des mémoires m'a expliqué bien
des mystères, en me révélant une susceptibilité à laquelle j'ignorais que notre espèce fût
sujette. Mais, ces esprits savans et rêveurs
sont un peu comme nos ingénieurs militaires ; ils vous creusent un labyrinthe souter-
rain tandis que le gros de l'armée dort à la
surface du sol.

Calixte fut aussi persévérant à défendre sa
mine, à m'empêcher d'en éventer la mèche,
qu'il avait été ingénieux à la creuser. Cela
me contrariait d'autant plus que je voyais
à n'en pas douter sa maladie de poitrine
s'exaspérer toujours sous des influences morales. C'était quand il avait battu froid à mes
empressemens , quand il avait été long-temps
préoccupé, ou que j'avais touché quelques
mots un peu légers sur son amante, que les
nuits étaient plus agitées, la toux plus rebelle,

20

le sang plus disposé à couler. Ces résultats étaient surtout inévitables lorsque, ne se doutant pas que la glace de la cheminée me permettait de suivre tous ses mouvemens, il avait tiré de dessous ses coussins quelques papiers dont la lecture tantôt faisait larmoyer ses yeux, tantôt les faisait étinceler d'une sombre fureur. Pour me tranquilliser un peu sur les effets possibles de la maladie de l'âme, je pressai le médecin de s'expliquer sur la nature du mal corporel.

Le Medecin.

>⊛<

Il y a des docteurs qui font plaisir à voir
même à leurs malades : le teint fleuri, la
main potelée, la toilette soignée, la conversation gracieuse. Ce sont de vrais ministres
de santé. Mais il y en a d'une autre école :
compassés, taciturnes, l'air repoussant, le
costume de Cassandre, l'abord glacial; leur

esprit n'a d'exaltation et de curiosité que pour un seul objet, la destruction. Guérir n'est qu'un prétexte pour avoir le droit d'observer les merveilles d'une science d'agonie et de cadavre. Tel était Lasinec: c'était plus qu'un ministre de la mort. On eût dit que la camarde s'était décharnée en sa personne. Elle avait jeté un pantalon et un frac sur sa carcasse, le squelette paraissait à nu quand il ôtait son chapeau ou ses gants. Sa figure était aussi sèche que sa main; un crâne pelé, un teint blafard, un nez court et des pommettes saillantes en faisaient une vraie tête de mort; pour rendre la ressemblance plus effrayante, il portait une paire de lunettes montées en écaille dont le cercle noircissait complètement ses orbites.

Cet homme avait une singulière façon d'observer ses malades : il leur promenait longtemps sur la poitrine l'extrémité d'un cylindre de bois creux. Son oreille était fixée à l'extrémité opposée; il écoutait d'abord, le

malade gardant le silence, puis il adressait
quelques questions pour observer le reten-
tissement de la voix à travers les parois de la
poitrine. Un jour, après qu'il eut manœuvré
de la sorte pendant près d'une demi-heure,
je le pris à part dans une pièce voisine, et
le priai de me dire au juste ce qu'il pensait
de l'état de Calixte.

« — Rien n'est plus aisé à vous dire, me répondit-il; il y a long-temps que je n'ai rencontré un cas aussi décidé que le sien. »

Le cœur me battit jusque dans l'oreille;
je crus que j'allais entendre une sentence de
mort. Le docteur se mit à faire une leçon que
je ne me vante pas d'avoir comprise.

« —Nous avons affaire à un tubercule sup-
puré dans l'épaisseur des poumons. C'est un
des plus beaux faits que j'aie encore recueillis. Si mes confrères en rencontraient souvent
de pareils, ils ne douteraient pas de la vérité
de mes théories.

» —Au moins, dis-je d'une voix suppliante,

personne ne doute de votre habileté à guérir
les maux de ce genre.

» —Quant à la puissance de l'art, dit-il en
s'inclinant avec gravité, ses limites varient
comme celles de la science. Tel médecin croit
avoir guéri un pulmonique, qui n'a eu affaire
qu'à un catarrheux ; tel autre a guéri des
poumons vraiment suppurés, qui croyait
n'avoir affaire qu'à un ancien rhume. Mais
je vous demande un peu quelle gloire, quel
bien peut résulter de ces guérisons faites au
hasard !

» — Il y a d'abord le bien du malade...

» —A la bonne heure. Mais je reviens au
tubercule. Celui de monsieur votre ami est
comme le beau idéal du genre. Ce que j'ai
observé chez lui vous fera connaître toutes
les périodes du développement de cette
singulière affection.

» —Fort bien : mais le résultat? Vous sentez, monsieur, que c'est là ce qui m'intéresse;
ce qui me fait trembler !

» —Nous y viendrons; mais je ne puis légi-
timement conclure sans vous fournir mes
preuves.

» —Merci, je vous en tiens quitte si elles
doivent me désoler.

» — Et si elles doivent faire votre sécurité!
répliqua aigrement le docteur en grimaçant
une espèce de rire. »

Je baissai les yeux en signe de soumission.

« — Les tubercules préexistent dans presque toutes les parties de notre corps. Ils sont
surtout abondans dans les tissus mous,
comme celui des poumons. Ils ne deviennent
cause de maladie que lorsqu'ils se dévelop-
pent et s'enflamment. Cet accident est moins
fréquent chez les personnes du tempérament
de monsieur votre ami ; mais une cause exté-
rieure est venue fournir à un des tubercules
de son poumon l'étincelle inflammatoire, qui
probablement ne lui serait jamais venue du
dedans.

» —Effectivement, je me rappelle à présent

qu'il a été blessé en duel. Je lui servis de second ; mais sa blessure était fort légère.

» — A l'extérieur oui; mais à l'intérieur
non. Il y eut légère fracture d'une côte, et,
depuis, saillie perpétuelle d'une pointe os-
seuse. Cette espèce d'épine agace incessam-
ment le point correspondant de la plèvre
et des poumons. Si le chirurgien qui le
soigna s'était servi de mon stéthoscope ,
il aurait remarqué que le bruit respira-
toire avait cessé autour de ce point-là , et
que ni une grande inspiration, ni les efforts
de la toux ne pouvaient l'y rétablir. La sub-
stance pulmonaire était engouée autour d'un
tubercule qui grossissait. »

Le docteur tenait à la main son outil et
gesticulait comme un maréchal avec son bâ-
ton de commandement. Il me le passa pour
que je l'examinasse. J'y regardai comme dans
une lunette d'approche, je l'approchai de
mon oreille, je soufflai dedans comme dans
une trompette ou un mirliton , je ne réussis

pas mieux à en comprendre l'usage. Cependant la dissertation savante continuait.

« —Quand j'ai été appelé pour la première fois, pour donner des soins à M. Saint-Tropez, j'ai entendu le râle crépitant, signe de la présence du sang dans les vésicules pulmonaires, en même temps que le râle muqueux caractérisant le catarrhe chronique. Le malade appelait cela un rhume négligé. Tous les poitrinaires sont de même.

» — Eh! monsieur, répondis-je en lui rendant brusquement son kaléidoscope, ils sont heureux d'avoir quelques illusions. Que deviendraient-ils s'ils avaient, dès le principe, votre science désespérante!

» — Ils n'en profiteraient pas, répondit-il tranquillement. Les maladies de poitrine inspirent une confiance incompréhensible. Beaucoup de nos jeunes confrères se savent poitrinaires; ils n'en veulent pas croire leur science; ils continuent les imprudences de leur âge; ils se permettent les excès de table;

d'autres excès plus dangereux encore, et
vers lesquels ils ont malheureusement une
forte propension.

» — Parbleu ! ils se rendent peut-être plus
de justice que vous ne croyez. Nous appe-
lons cela jouer de son reste.

» — Et les excès de travail de cabinet, monsieur le capitaine ; aurez-vous pour ceux-là
la même indulgence ? Eh bien ! ils les aiment
de passion ; et ceux-là sont les plus dangereux de tous ! »

Je vis reluire un coup d'œil épigrammati-
que et présomptueux derrière les lunettes du
petit homme ; mais mon attention était trop
occupée du but principal de la conférence.

« — Le travail de cabinet, monsieur le docteur, mon ami l'a aimé cruellement ; il l'a
continué jusqu'à la dernière extrémité, malgré votre expresse défense. Maintenant, quoiqu'il ait laissé la bouteille à l'encre, son esprit écrit encore, et, je le crains, des pages
bien noires... Ne pensez-vous pas, mon-

sieur, que cette activité, cette douleur de
son âme aggrave beaucoup le mal de son
corps?

» — Et sans contredit: le chagrin agace les
nerfs, trouble la respiration et la circula-
tion.

» — Et ne voudrez-vous pas joindre vos in-
tances aux miennes pour lui recommander
la tranquillité d'esprit?

» — Volontiers ; mais vous m'étonnez :
M. Saint-Tropez m'a toujours paru plein de
calme et de philosophie.

» — Eau dormante, monsieur, eau dormante. A la surface unie comme une glace,
les tourbillons et les remoux sont au fond.

» — Tant pis, il n'avait pas besoin de ça,
dit le docteur en reniflant voluptueusement
une prise de tabac ; le tubercule est en pleine
suppuration. Il y a long-temps que j'ai entendu la voix caverneuse. Quand le malade
parle, il semble que la voix arrive directe-
ment dans mon oreille. L'égophonie, ou voix

chevrotante, est venue après. Le tubercule
s'est rompu et vidé dans la cavité de la plèvre, entre le poumon et la paroi de la poitrine. Le dernier degré de la phthisie arri-
vera quand l'air des poumons pénètrera dans
cette vaste caverne, et vibrera à la surface
du liquide. Alors le stéthoscope me fera entendre le tintement métallique. »

Lasinec tira sa montre; il partait, je le re-
tins par sa douillette de soie. « —Vous voyez,
monsieur, lui dis-je d'une voix émue, à quel
point j'ai foi dans votre science : au moins
dites-moi que le pronostic désolant n'est pas
prêt à se réaliser. Assurez-moi que vos remèdes en retarderont long-temps la catastrophe s'ils ne peuvent l'éloigner indéfini-
ment. »

Le docteur secoua la tête d'un air capable.
« Vous avez gagné quine à la loterie, l'hiver
est fini. Si le printemps n'est pas trop varia-
ble, le danger ne recommencera qu'à la chute
des feuilles.

» — Et vos remèdes, monsieur le docteur;
et vos remèdes, mille dieux !

» — Que voulez-vous faire à un malade in-
docile ? à un mal dont le développement est
fatal ? Je lui conseillai dès le principe d'aller
habiter près d'une plage abondamment couverte d'herbes marines ; il n'aime pas les ports
de mer, l'odeur de la marée lui déplaît.....

» — C'est vrai : son nez est fastidieux en
diable; je n'ai jamais pu l'accoutumer à la
fumée du tabac.

» — Il n'a seulement pas voulu permettre
que l'on déposât dans sa chambre quelques
bottes de goïmon.

» — Je me charge de le décider à faire le
voyage; et en attendant je vous promets que
sa chambre sera tapissée de goïmon. J'en ferais plutôt rembourrer le sofa qui me sert de
lit.... Mais l'odeur de ces plantes, monsieur,
l'air de la mer le soulageront-ils ?

» — Oh ! pour le soulagement vous pouvez
l'espérer.... A moins que quelques gelées tar-

dives, ou un surcroît d'inquiétude morale...

» —Morbleu! nous ferons bon feu dans sa
chambre, et nous distrairons son esprit. »

Lasinec me salua, et sortit enfin.

—Adieu, vieux rat d'amphithéâtre, me dis-
je en lui fermant brusquement la porte sur
le dos. Corbeau bavard et carnassier, limier
sans nez qui prends un cerf blessé pour une
charogne, adieu! puisses-tu avoir plein la
poitrine des tubercules dont tu gratifies tes
malades. Et pour ne rien perdre du plaisir
que tu prends à en suivre les progrès, cons-
truis avec une corne de bœuf recourbée un
appareil pour t'ausculter toi-même; sois ton
propre médecin.

Le Remede violent.

≫⊛≪

Tant de froideur et de dureté m'avait mis
en colère : il fallait la décharger sur quelque chose. En rentrant dans la chambre du
malade , je le surpris sanglotant et pleurni-
chant sur le mystérieux papier. Il avait profité de mon absence pour se livrer à son passe-
temps favori. Avant qu'il eût pu se remet-

tre ou prévenir mon mouvement, j'avais arraché de ses mains la malencontreuse épître.

« —Parbleu! tu as bien mauvaise mémoire :
depuis le temps que tu étudies ces chiffons,
un enfant aurait pu les apprendre par cœur
en les épelant. »

Calixte, un moment frappé de stupeur et
d'étonnement, retrouva tout-à-coup la voix
pour pousser un cri de détresse.

« —Auguste, Auguste, malédiction! rends-
moi cela.... je t'en supplie.... je te l'ordonne.

» — Non pas, dis-je sévèrement, je ne
veux pas, je ne dois pas te le rendre. Ton
médecin vient de me parler longuement
d'une épine qui t'agaçait toujours la poitrine ; je l'ai découverte et je l'arrache.» Puis
essayant de tourner le vent à la plaisanterie,
étalant la feuille entre mes doigts et faisant
semblant de la lire : — Je ne m'étonne pas que
tes yeux s'humectent toujours quand tu dé-
chiffres ce griffonnage; rien que d'y regarder

il me semble que j'épluche un ognon de Provence. »

Calixte fit un effort pour se lever : il ne
put réussir à mettre hors du lit qu'une seule
jambe, et retomba sur ses coussins en grommelant d'une voix étouffée les mots d'indiscrétion, de violence, d'abus de l'hospitalité ;
puis il me somma de nouveau de lui rendre
son trésor en m'appelant monsieur, et passant
ses mains au-dessus de sa tête pour chercher
quelque chose sur une planche qui était au
chevet de son lit....

« — Eh ! grand enfant ! quelle indiscrétion
peut-il y avoir de ma part à parcourir cette
lettre ? Tu sais bien que je n'ai jamais appris
l'anglais.

» — Il y a plusieurs passages en français,
murmura Calixte d'une voix étouffée, et les
yeux flamboyans de rage. Rends-la-moi....
rendez-la-moi...Au nom de l'enfer, je l'exige ! »

Et il balançait par le canon un pistolet qu'il
avait saisi sur sa tablette. — Tu es un fou,

mon bon ami. » Je haussai les épaules; il me
le lança à la tête avec toute sa force disponi-
ble. Je l'attrapai à la volée, et le posai sur la
cheminée à côté du papier. Je me mis à souf-
fler le feu précipitamment....

« Je te le répète au nom de l'amitié, cher
Calixte, il faut te séparer à jamais de ce
malheureux papier, c'est lui qui te tue.

« — L'amitié! répéta-t-il avec amertume,
misérable! je vais vous apprendre à profaner
ce nom! » Il prit un second pistolet, l'arma et
me mit en joue. « —Monsieur, ajouta-t-il alors
avec solennité, celui que vous avez sous la
main est chargé comme celui-ci... défendez-
vous.. »

Je soufflais toujours les tisons. « —Un duel!
mon pauvre ami... Tu n'y es pas heureux...
Eh bien! soit, je commence le feu. »

La flamme que j'avais allumée dévora en
un instant la lettre que j'y jetai. Je m'avan-
çai alors vers le milieu de la chambre et
croisai mes bras en attendant tranquillement

la justice qu'il plairait à mon ami de faire.

« — Embrasse-moi, Auguste, cria-t-il en laissant tomber son arme. Je ne t'avais pas compris d'abord, j'avais peur que tu ne lusses la lettre.

» — Et que pouvait-elle m'apprendre que je ne susse déjà?... Malheureux ami! » Saint-Tropez cacha ses yeux dans ses mains : « Ah! continuai-je, ne serais-je pas excusable d'en vouloir à cette... créature qui m'a privé de toi pendant trois ans, et qui ne te rend à mon amitié que changé et méconnaissable? Toujours des pleurs, des caprices, des menaces. Ah! cher Calixte, où est ce sage, ce philosophe, cet ami dont j'étais si fier? Où a-t-il pu prendre tant de faiblesse et tant de violence? »

« Il m'avait regardé avec bonté quand j'étais arrivé aux reproches qui ne touchaient que lui. Mais les insinuations contre sa maîtresse lui paraissaient plus difficiles à digérer. Il répéta plusieurs fois le mot de créature....

« Créature angélique, mon cher Auguste....
Créature supérieure à tout ce que la main
de Dieu a formé dans nos climats... Tu la
connaîtras, un jour et lui rendras pleine
justice. » Il montrait du doigt un énorme re-
gistre où était écrit son journal. Puis, passant
son bras sur mon cou et laissant tomber sa
tête sur mon épaule. « Le temps approche
où mon histoire doit finir et n'aura plus de
secrets pour toi... »

Une quinte de toux l'interrompit. Ses crachats étaient fortement colorés par le sang.
Je me sentis tout le corps mouillé de sueur
froide, et me demandai avec remords si, en
voulant prévenir les réactions morales, je
n'en avais pas provoqué une crise plus orageuse et plus funeste. Je pensai au tintement
métallique de Lasinec, et je crus presque
l'avoir entendu. C'était la cloche d'une église
voisine qui sonnait un glas ; la rafale précoce
d'un vent d'équinoxe engouffrait ses vibrations dans la cheminée.

Mon ami voulait de nouveau parler, et
parler sur le ton où avait exalté sa voix d'a-
bord la colère et puis l'enthousiasme. Je lui
mis la main sur la bouche pour le forcer au
silence. Il gesticula avec impatience; il fallut le laisser faire. J'approchai mon oreille de
sa tête pour ménager le plus possible les
efforts que je ne pouvais empêcher.

« — Maintenant, dit-il, c'est entre nous à
la vie à la mort. » Il fit une pause : « la séance
pourra être fatigante pour toi, mais elle ne
sera pas longue, ajouta-t-il dans un sombre
a parte. — Je devrais dès aujourd'hui t'initier
à tous les secrets que je t'ai cachés et qui ont
si long-temps fait mon supplice. Je voudrais
me mettre à jour avec notre vieille intimité...
Cela me soulagerait, je le sais. Mais ce que
ma plume a écrit suppléera à ce que ma voix
éteinte ne pourrait articuler... à ce que je
rougirais peut-être de dire. Ce livre est à toi
désormais... Ici ou chez toi tu peux le lire...
Et, continua-t-il après un soupir, quand

tout sera fini pour moi, si tu juges que mon
exemple puisse corriger quelques jeunes gens,
les retenir de promettre plus qu'il n'est permis à notre sexe de tenir, empêcher l'autre
sexe de donner plus que l'homme ne mérite... prévenir ces marchés si inégaux et
pourtant si pénibles où le devoir paie en vile
monnaie, l'or pur de la passion... épargner
ces fausses positions qui sont un enfer sur
la terre... Eh! bien, cher Auguste, efface les
noms propres... Je te laisse carte blanche pour
le reste. »

La Convalescence.

≈⊛≈

Pour le printemps et pour mon ami, l'époque des giboulées était enfin passée. Calixte devenu moins cachottier, avait retrouvé un peu de tranquillité d'esprit. La chaleur douce et soutenue du mois de mai avait amélioré la santé du corps. Dès que le médecin lui permit de se lever, je l'assis dans mon cabriolet

et le menai faire quelques courses au bois de
Boulogne. Avec le temps les jambes se forti-
fièrent assez pour qu'il m'accompagnât lorsque j'allais aiguiser mon appétit pour le déjeûner en arpentant les allées des Tuileries
ou des Champs-Élysées.

C'était à cette heure qu'il préférait sortir;
non, m'assurait-il, qu'il craignît le monde:
il espérait bien en être oublié; d'ailleurs sa
figure était méconnaissable. Cela n'empêchait point qu'il accélérât le pas dès qu'il
apercevait quelque groupe de promeneurs,
et qu'il n'évitât uniformément les allées les
plus fréquentées pour se cacher dans les plus
solitaires, ou errer le long des grilles de fer
du parterre. Son front se déplissait un peu
en présence de ces fleurs qu'il avait tant
aimées dans sa jeunesse. Il devenait presque
expansif lorsque, tournant le dos au pavillon
du château, il promenait son lorgnon sur la
riche perspective que termine l'Arc de
Triomphe de l'Étoile. C'était à nous deux à

qui traduirait son impression par la comparaison la plus juste.   .

Dans le grand rideau de verdure qui commence les massifs ; dans les cimes arrondies
des arbres qui le dominent; dans leur inégale
hauteur; enfin dans les nuances variées de
leur feuillage parsemé des bouquets blancs
du marronier. Saint-Tropez retrouvait la
chute du Rhin à Schaffouse, ses grandes nap-
pes verticales capricieusement couronnées
de roches noirâtres, de flots d'écume et de
tourbillons d'eau verdoyante.

Pour moi, cette grande allée était une
image perpétuelle de la restauration de 1814.
Aux Champs-Élysées, deux files de grena-
diers russes en habit vert sombre, immo-
biles et l'arme au bras ; dans le jardin, deux
bastions de courtisans en habit à grand ra-
mage, bordés de deux lignes de marquis,
chapeau bas et poudrés à frimas. Le grand
bassin avec les arcs-en-ciel de son jet d'eau
représentait le grand distributeur d'eau bé-

nite de cour avec sa politique chatoyante ; et
brochant sur le tout, l'Arc de Triomphe,
ruine colossale d'un monument inachevé,
était comme le spectre d'une puissance et
d'une gloire qui avaient long-temps dominé
et qui effrayaient encore.

Autant que personne je rends justice au
plaisir de causer ; mais je l'aime surtout
quand il est en seconde ligne : c'est en respirant le grand air par un beau jour, c'est
demi-occupé dans une salle de spectacle,
c'est plus substantiellement attaché dans une
salle à manger ou dans un boudoir, que la
causerie me charme. Dans le salon, où il n'y a
que du thé pour étoffer la conversation, je
n'échappe à sa langueur ou à sa lourdeur
qu'en me faisant acteur ou saltimbanque.
Saint-Tropez, qui était loin de partager ma
manière de voir, était réduit à s'y conformer
un peu pour le moment. Le salon ne le ten-
tait guère ; mais il se laissait tenter quelquefois par un théâtre. Au fond d'une loge, il

convenait qu'on était aussi bien caché que
dans un jardin public. C'était mieux encore
dans le cabinet particulier d'un bon cabaret,
ou dans un chalet campagnard: Un degré de
santé de plus, et nous allions rompre l'uniformité du tête-à-tête masculin. Je voyais
arriver au galop la saison des parties car-
rées.

J'avais arrangé dans ma petite cervelle
qu'une dose modérée de cet onguent serait
le grand cicatriseur d'un cœur ulcéré par
l'amour. Mais la physionomie du malade se
rembrunissait toujours à la moindre allusion
que j'y fisse. Cela ne me décourageait pas;
mais il était pénible de voir que la guérison
n'avançait que superficiellement. Il fallait
qu'à l'intérieur il restât encore beaucoup de
trouble, puisque le malade s'obstinait à repousser jusqu'à la pensée d'un remède si
puissant et si doux.

Le temps m'a manqué pour compléter la
cure. Un évènement imprévu vint déconcer-

ter ma sollicitude et causer la pire de toutes
les rechutes. En pensant à mon ami et à ses
derniers malheurs, je me reproche quelquefois de ne pas m'être emballé avec lui dans
une chaise de poste, au lieu de nous jucher
sur un tilbury. Il faut s'éloigner le plus tôt et
le plus loin possible des lieux où l'on a éprouvé un attachement heureux ou malheureux.
En fuyant, vous sentez que vous suivez une
ficelle qui tient d'un bout au lieu fatal ; mais
le peloton est dans votre cœur ; il diminue
de volume et s'épuise à force de se dévider.
Une fois arrivés en Italie ou en Espagne,
quels bienfaits n'aurions-nous pas dû attendre des trésors du ciel et du sol ? Quelles séductions n'auraient pas exercé les tailles an-
dalouses, les yeux napolitains ou la volupté
romaine !... Mais non... tout bien consi-
déré, la fatalité que son médecin voyait dans
la maladie du corps, était plus réelle dans
celle de l'âme! Saint-Tropez aurait été à Tombouctou, qu'il se serait arrangé pour savoir

des nouvelles de son ancienne amie; et si
elles avaient été alarmantes, il serait revenu
de Tombouctou en poste ou en ballon, pour
venir lui porter secours. Mais tous deux
étaient à Paris ; ils habitaient le même quartier ; et, à ce qu'il semble, la séparation avait
été encore plus pénible pour milady que
pour monsieur, car ce fut elle qui vint en
personne renouer les relations.

Rechute.

➤·ٮ·➼

Un matin què j'étais, selon ma coutume,
venu relancer mon ami (depuis l'améliora-
tion de sa santé je ne couchais plus dans sa
chambre), le domestique introduisit dans le
salon où j'étais une personne qui demandait
à parler à M. Saint-Tropez. C'était une femme
encore très jolie, quoiqu'elle ne fût plus

de la première jeunesse. Sa taille était souple
et voluptueuse, son pied des plus mignons.
Son teint pâle et un peu olivâtre faisait valoir
des cheveux de jais lissés en bandeau sur le
front et des yeux coupés en amande, qui
étaient encore plus noirs que sa chevelure.
Sa bouche, un peu grande, était ornée de
dents magnifiques. Je faisais effort de mémoire pour me rappeler le peu d'espagnol
que j'avais appris en guerroyant dans la Pé-
ninsule : je croyais avoir devant mes yeux
une doña de Cadix ou de Madrid. Elle me
parla très bon français, et loin de montrer
la hauteur castillane, sa physionomie laissa
paraître alors une douceur voisine de l'humilité. On ne pouvait entendre sans émotion le son argentin de sa voix. Sa parole et ses manières étaient empreintes de
tant de bonté et de grâces si candides, qu'elle
rajeunissait de dix ans. Je fus honteux de mon
intelligence quand elle m'eut appris qui je
devais annoncer à Saint-Tropez. Pour l'avoir

vue un instant et avoir échangé quelques
mots avec elle, j'étais plus qu'à moitié ensor-
celé. Les beautés brunes font de rapides
effets sur nous autres châtains clair : j'aurais bien dû comprendre tout de suite que
c'était là l'enchanteresse qui depuis quatre
ans tenait un blond cendré sous le joug.

La rougeur et la pâleur se succédèrent dix
fois sur la figure de Calixte, quand je lui eus
nommé *madame Sakontala*.

« — Bah ! dit-il d'abord, tu te moques de
moi ! Quelle cruelle plaisanterie! O mon
Dieu ! s'écria-t-il ensuite en secouant tout-à-
fait les pavots de Morphée, sans doute quelque nouveau malheur !... »

Interprétant mal son exclamation, je lui
dis avec l'accent du reproche, que la vue
d'une si belle personne devait toujours être
une bonne fortune. Il balança tristement la
tête, puis, se frottant les yeux : « — Prie-la
d'attendre quelques instans, il faut que je
me lève et m'habille. »

Je passai dans le salon pour délivrer mon message, fort agité à la pensée de me trouver en rapport si direct avec une femme que j'étais depuis si long-temps curieux de connaître. Lady Graham prit mon agitation pour de l'inquiétude, et s'imagina, ou que Calixte refusait de la voir, ou qu'il était encore très malade.

« — Au nom de Dieu, monsieur, ne me trompez pas... Comment va Calixte... M. Saint-Tropez?...

» — Madame, il va s'habiller, pour venir vous recevoir.

» — Je sais qu'il a été très malade ; on dit qu'il l'est encore beaucoup ! Puis-je souffrir qu'il se lève pour moi, au risque d'empirer son état?... Rentrez, monsieur ; je vous en supplie, pour lui recommander de ne pas se lever... »

La porte de la chambre était restée ouverte, et Calixte entendait notre conversation, car lady Graham, de plus en plus émue,

élevait graduellement la voix. Il voulut nous
tranquilliser en nous criant qu'il allait être
prêt. Mais sa voix rauque, voilée, et fréquemment coupée par des quintes de toux, redoubla
les alarmes de la visiteuse au point qu'elle ne
put tenir en place. Elle s'élança dans la
chambre. Je la suivis machinalement, ou-
bliant que si cette entrevue était gênante
pour Calixte, ce devait être surtout devant
un tiers. Au moins je voulus réparer mon
inconvenance aussitôt que je m'en aperçus ;
je n'en fus pas le maître.

Calixte, qui avait encore fort peu avancé
sa toilette, se remit dans le lit pour ne pas
recevoir une dame en chemise ; mais il dut
bien autrement regretter de ne pouvoir se
mettre sur pied, quand il la vit s'agenouiller
près de son lit. Quoiqu'elle parlât anglais,
ses sanglots, son attitude m'indiquaient suffisamment le sens des paroles que je ne pouvais comprendre. Elles avaient trait sans
doute à la cruelle épître que j'avais jetée au

feu. Tous les efforts que faisait Calixte pour relever la dame n'aboutissaient qu'à augmenter sa contrariété. Lady Graham, quand elle pouvait saisir une main, la couvrait de baisers et de larmes.

« — Au nom du ciel, me dit-il enfin, moitié reproche et moitié supplication, rends-moi un service, puisqu'il faut que tu aies été témoin de cette scène! relève madame pour moi, et force-la de s'asseoir... Bien; maintenant, répète-lui en français ce que je me tue de lui dire en anglais, que je me porte bien; que désormais tout est oublié entre nous, et qu'elle a mon... amitié tout entière ! » Lady Graham fixa selon ses désirs le sens de ce mot amitié, qui avait été prononcé avec un peu d'hésitation; elle se leva de sa chaise et embrassa chaleureusement Calixte à plusieurs reprises. Puis, se retournant vers moi et m'arrêtant au moment où j'avais enfin trouvé la résolution nécessaire pour m'éloigner :

« — Restez, monsieur... Vous voyez que vous

ne nous gênez pas... les amis comme vous
sont si rares! on ne saurait les voir de trop
près et trop long-temps. » Puis, me prenant
affectueusement la main : « Merci mille fois,
cher monsieur, de tout ce que vous avez fait
pour M. Saint-Tropez ; ce n'est pas seulement lui que vous avez obligé par votre précieux dévouement ! En conservant les jours
de notre ami, en lui prodiguant les consolations, vous avez adouci l'effet de procédés
odieux, dont mes yeux dessillés reconnais-
sent enfin l'injustice ; vous avez pansé les
blessures faites par les torts qu'il m'est enfin
permis d'expier à ses pieds. »

Une accolade fut encore la péroraison
de ce discours.... Je me laissai faire de
meilleure grâce que Calixte. Et pourtant je
ne sais par quel égard pour les droits légitimes je ne répondis pas dignement à ce gracieux transport, J'aurais été plus à mon aise,
je crois, si je me fusse trouvé entouré tout-
à-coup seul et sans armes par un escadron

de pandours ou un pulk de cosaques. Je crus sentir qu'un peu de fumée de jalousie venait s'ajouter à tous les autres élémens d'embarras. Je trouvai cuisant de n'être qu'un objet secondaire dans le cœur d'une femme si belle, si passionnée, si noble et si généreuse dans le redressement des torts qu'elle croyait avoir! Aussi, dès qu'elle eut lâché ma main, je m'échappai autant par envie que par charité. Ce dernier sentiment l'emporta dès que j'eus fait quelques pas hors de la chambre.

J'ordonnai au domestique de ne laisser entrer personne. La précaution était opportune, car je trouvai Lasinec sur le palier de l'escalier. Il allait donner un coup de sonnette. Cela eût cruellement dérangé les explications que sans doute les amans rapatriés entamaient déjà.

Je lui arrêtai la main : « —Trève de tintement métallique pour aujourd'hui, monsieur le docteur... Vous reviendrez demain s'il vous plaît.

» — Est-ce qu'il irait plus mal? dit Lasinec en sourcillant un peu.

» — Pas précisément, mais il est tout occupé des affaires de son âme.

» — J'entends, dit le docteur en baissant la
tête d'un air dévot; il est avec un confesseur.

» — Tout juste, monsieur, c'est comme
vous le dites. » Nous descendîmes l'escalier.

« — M. Saint-Tropez n'y est pour personne, » criai-je sévèrement dans la loge du portier : la portière sourit en regardant son mari
et une commère du voisinage.

Quand nous fûmes devant la porte de la
maison, le docteur s'arc-bouta sur sa canne,
et leva les yeux au ciel, en me disant : « — Quel
service vous avez rendu à monsieur votre
ami, en le décidant à remplir ce devoir! Dans
sa position il faut toujours être prêt à paraître devant son créateur.

» — Il s'y prépare depuis que vous le soi-
gnez, monsieur le docteur.

» — Je l'ignorais, mais tant mieux. Je porte intérêt à mes malades et dans ce monde et dans l'autre!

» — Je ne veux pas m'attribuer un mérite qui ne m'appartient point. Ce n'est pas moi qui ai amené le confesseur qui est maintenant avec M. Saint-Tropez. Je lui avais souvent fait des recommandations dans ce but, je l'avoue ; il m'avait résisté. Mais enfin un ministre de notre voisinage a pris l'initiative et a pénétré jusqu'à lui. Je l'ai aidé à l'introduire : il a été bien reçu.

» — Le saint personnage! il est de cette paroisse, cela ne m'étonne pas. Le curé et les vicaires sont de notre congrégation : le saint personnage! répéta-t-il avec componction.

, — Vous avez bien raison, monsieur ; jamais Dieu ne forma pareil vase d'élection! quelle éloquence onctueuse! quelle grâce! C'est un ange, monsieur, que ce confesseur-là. Et rien que pour avoir le plaisir d'aller

au ciel dans ses bras, je voudrais être maintenant à la place de mon ami!

» — Amen! dit Lasinec. Vous êtes un honnête homme, et je vous recommanderai à
la grande aumônerie pour la première place
vacante de chef d'escadron. »

Projets serieux.

⇒❦⇐

Je ne revins que le lendemain à dix heures.
La discrétion avait commandé une absence
de tout un jour; elle commandait encore
d'arriver tard. Je trouvai Calixte se promenant à grands pas dans sa chambre, l'air
préoccupé, la parole brève, le regard auda-
cieux, s'arrêtant brusquement pour compa-

rer l'heure de sa montre avec celle de sa
pendule, jurant et s'impatientant devant des
livres et des cartons qu'il bousculait pour
chercher un papier qu'il avait déjà mis à
part sur sa table ou sa cheminée.

Je m'étalai nonchalamment sur sa bergère
et me caressai la moustache : « — Il paraît,
dis-je, que la nuit a été orageuse : ces diables de
raccommodemens sont pires que des noces :
on s'exécute, et pour ce que l'on est et pour
ce que l'on veut paraître.

» — Cher Auguste, ne me tourmente
pas, je t'en prie. Ton humeur trouve son
compte dans tes suppositions; il faut que tu
croies à des fiançailles pour avoir le droit de
tirer des pétards aux oreilles de mon domestique et de mes portiers. Mais au moins
tu aurais bien dû ne pas mystifier à ce point
mon pauvre docteur. Il m'en est, ce matin,
revenu un ricochet d'où je ne me suis pas
tiré sans peine. Je crois l'avoir un peu dés-
enchanté sur ma piété et la tienne. Moi je

n'ai rien à perdre, mais ton avancement
pourrait bien en souffrir.

» — Je me moque de sa protection comme
de sa médecine.

» — Propos d'homme bien portant, mon
cher. Si tu étais à ma place tu croirais un peu
plus à sa science, et tu ne supposerais pas
que j'ai pu faire partager le grabat d'un poi-
trinaire à une femme aimée. Mais, continua-t-il en baissant la voix, la morale est
élastique, même vis-à-vis de la science mé-
dicale; et ce qui est défendu à l'amant peut
être un devoir pour qui porte un autre titre.

» — Pour un mari, par exemple. »

Au lieu de répondre à ma question, Saint-
Tropez ramassa sur sa table un gros paquet
de lettres. « —Voilà, me dit-il, à quoi j'ai passé
la plus grande partie de la nuit. Il faut que cela
parte par le courrier d'aujourd'hui. Je demande à mon banquier de Marseille de m'envoyer
sur-le-champ tous mes fonds disponibles; au
notaire d'Aix, je donne ordre de vendre au

prix qu'on en a dès long-temps offert la maison que j'ai sur le Cours. Les autres, tu le vois, sont adressées à des parens pour régler des affaires de famille. Mais je m'aperçois qu'il m'en reste encore une à finir. J'allais m'y mettre quand tu es arrivé. J'avais été obligé de la suspendre : ces maudits étourdissemens dont j'espérais être débarrassé pour toujours me sont revenus...

» — C'est bien extraordinaire ! Après avoir passé la nuit courbé sur ton bureau. Le passe-temps que je supposais n'aurait pas été plus nuisible. C'est donc ainsi que tu respectes la défense de Lasinec, toi qui te vantes de croire à la médecine ?

» — Nécessité, mon cher, excuse tout. Il n'est pas aujourd'hui question de vivre. » Et il se remettait à l'ouvrage. Je l'en empêchai, et m'assis à sa place devant son pupitre.

» — Voyons ; je te sers de secrétaire. Dicte-moi : le début de la lettre indique assez qu'il n'y a ni danger ni indiscrétion à y em-

ployer une main étrangère... « Monsieur le
maire, ayez la bonté de m'envoyer dans le
plus bref délai possible... » Voyons, continue,
quelles sont les affaires que tu as à traiter
avec le potentat municipal? » .. , ... ,

Il dicta : « Dans le plus bref délai possible mon extrait de naissance. Il est du
mois de décembre 1787. Veuillez aussi y
joindre l'extrait mortuaire de mes père et
mère. Recevez, Monsieur le maire, l'assurance des sentimens de respect avec lesquels
je suis votre dévoué compatriote, très
humble serviteur et très obéissant administré. »

Il signa; je ployai la dépêche et y mis
l'adresse. Pendant que je la cachetais je me
mis à supputer les motifs des singulières
mesures que je lui voyais prendre.

« Ah çà, mon cher, tu veux donc te faire
électeur à Paris, en attendant d'être éligible?
Bon! tu seras mon solliciteur au ministère
de la guerre. Peut-être vas-tu acheter des

terrains et devenir millionnaire... Ah! je t'en
conjure, fais-moi construire tout exprès un
petit appartement de garçon... Prendre un
intérêt dans les nouvelles messageries... dans
la gare de Charenton... Ah! par exemple, il
faut absolument que tu m'y réserves une petite part...

Au lieu de faire attention à ce que je di-
sais, Calixte tira précipitamment sa montre,
ramassa son paquet, monta dans un cabriolet qu'était allé chercher son domestique, et alla en personne jeter sa correspondance à la grande poste, rue Jean-Jacques
Rousseau, par excès de précaution.

Tout l'appareil auquel je savais dès long-
temps reconnaître l'approche des orages ou
des grandes résolutions revint et augmenta
graduellement pendant la quinzaine suivante.
Couché tard, levé matin; l'humeur chagrine,
la conversation à bâtons rompus, une activité inquiète ou la taciturnité. Mais chez
lady Graham, il savait admirablement pren-

dre sur lui-même et cacher son jeu. Il était
aux petits soins, causait, faisait l'aimable,
l'enjoué, et, qui plus est, il était souvent
l'un et l'autre. Je ne l'avais jamais vu chez
sa belle avant la rupture; il m'avait toujours
tenu rigueur quand je lui avais demandé de
m'y présenter. Mais sûrement la manière
dont il la traitait maintenant ne rappelait
en rien l'aigreur, les doléances et les bourrasques dont j'ai vu tant de traces dans le
journal. Pour augmenter ma perplexité,
cette même femme que, présente, il com-
blait d'égards et d'hommages, absente, il lui
rendait une justice assez dégagée. Il me
parlait à cœur ouvert des défauts de son esprit, de son inexpérience du monde, des inconvéniens qu'avaient l'extrême bonté et la
simplicité de cœur dans un pays malicieux
et égoïste. Parfois même, il articulait les
mots d'exigence et d'importunité. Et tout
cela à moi! de qui, naguère, il ne voulait
pas supporter une plaisanterie, une insinua-

tion sur le même sujet. Nos rôles étaient
changés entièrement; il fallait que je prisse
la défense de lady Graham. Je le faisais avec
plaisir et conviction; j'étais enchanté d'elle,
quoique je ne lui eusse été présenté que depuis le raccommodement. Un changement si
profond était une énigme, et j'aurais cent
fois donné ma langue aux chiens sans en
deviner le mot. Je pensai tomber de mon
haut lorsque Calixte me l'apprit officiellement.

— Fais-moi le plaisir, me dit-il un jour en
me remettant les papiers qui étaient arrivés de
Provence, avec d'autres qui portaient le timbre
de la poste d'Angleterre, d'aller à la mairie de
mon arrondissement et de faire publier les
bans de notre mariage. Cette affaire m'a
déjà causé tant de fatigue qu'il me faut éco-
nomiser mes forces pour le jour où je devrai
figurer en personne. — Un mariage, mur-
murais-je en retournant d'un air distrait les
papiers entre mes mains. Un mariage! et

cette pauvre lady, si aimante et si digne
d'être aimée ! — Eh! mon cher, c'est elle
que j'épouse ! — A la bonne heure, criai-je
avec une explosion de caresses... Tu finis par
où tu aurais dû commencer... Mais c'est
encore bien; c'est toujours bien. Tu lui
devais cela : elle a bien fait de l'exiger.

» — L'exiger! cher Auguste; il m'a fallu
lui faire violence pour l'y décider. »

Les clauses terribles d'un certain testament
me revinrent soudain à la mémoire. Calixte
poursuivit d'un air abattu : « Quoi! toujours
préoccupé d'idées frivoles! passions, amou-
rettes, intrigue, beauté, ne saurais-tu considérer autre chose dans l'acte solennel auquel je m'apprête! mais que dis-je! j'envie
plutôt cette bonhomie, cette chaleur d'âme
qui te fait regarder comme toujours jeunes,
toujours durables, les illusions d'un amour
partagé! Puisses-tu, mon cher ami, n'avoir
jamais à raviver par le lien conjugal les
cendres d'une ancienne liaison !

23

« — Ingrat! et y a-t-il au monde de plus grand bonheur que celui de se savoir aimé ! Pour nous hommes volages, ce retour profond, cet amour recueilli, cette passion longuement savourée est un fruit inconnu. Nous ne pouvons recevoir plus que nous donnons ; l'orange est toujours cueillie verte ou moisie! mais cette volupté sainte, ce nébek du paradis musulman, comme je te l'ai quelquefois entendu nommer, nous rêvons de sa saveur ineffable, nous éprouvons quelquefois un saisissement subit rien qu'en respirant passagèrement son parfum ! ...

» — Bizarre caprice de la nature ! qu'il faille que ce qui nous plaît soit précisément ce que nous ne pouvons avoir ! La constance plaît au volage ! l'inconstance serait une bonne fortune pour l'homme constant ! encore si la femme n'était pas faite tout au rebours de ce modèle ! Dans les deux sexes l'amour suit des progressions inverses qui ne se touchent que par un point.... s'il eût plu à Dieu de le faire croître et décroître parallèlement!

» — Homme constant..... murmurai-je.... la constance! hum! ne parlons pas si haut de nos vertus; je pourrais, je crois, être constant à ta façon! et dût la gêne être encore plus forte, je ne croirais pas acheter trop cher le plaisir d'unir ma vie à une femme semblable à lady Graham! à lady Graham elle-même!

» — Il ne te manquait plus que cela, pour faire un Pylade complet, dit Calixte, le front souriant comme un soleil couchant d'hiver; mais sois tranquille, je ne mettrai pas ton dévouement à cette épreuve.... Si tu as absolument besoin de consolation, sache que tu ne serais pas accepté. Ce n'est pas un beau et vigoureux jeune homme qu'il faut à la tendresse de Sakontala. Elle préfère une carcasse consomptive, une haleine fétide comme un charnier, un cœur plus desséché et plus flétri qu'une feuille morte.

» — Fat! tu as d'autres titres pour lui plaire, plus séduisans et plus nobles que ceux dont

tu fais parade ! te sont-ils moins personnels,
que tu les dédaignes !

» — C'est juste, répliqua-t-il sardonique-
ment, sa réputation a été souillée par moi et
pour moi ! Par moi et pour moi elle a perdu sa
fortune, la société et l'estime de sa fille. Moi
seul je puis l'indemniser de tout cela. Un
homme de réputation suspecte, un homme ridicule peut-être, des revenus très minces, voilà les dédommagemens que je lui offre avec
ma main ! Mais, continua-t-il la voix trem-
blante et ses yeux d'azur reluisant comme la
flamme sulfureuse d'un volcan, il est une
morale au-dessus du code malicieux et léger
du monde, et celle-là juge les réparations
selon les intentions et non pas selon les
moyens; voilà la sainte Euménide dont je
veux embrasser les autels. »

Saint-Tropez se laissa tomber sur un fau-
teuil. Je compris enfin tout le mal que je lui
faisais avec mon engouement et mes persi-
flages. Je sortis après l'avoir calmé du mieux

que je pus. Quand j'eus appris tout ce qui
était arrivé à lady Graham depuis la rupture,
je ne rabattis rien de l'idée élevée que j'avais
conçue de la résolution de Calixte, mais j'y
trouvai autant de motifs pour le plaindre
que pour l'admirer.

Une Lune de miel.

>●<

Jérémie avait épousé Rachel dans une église de Londres. Il avait persuadé à sa belle-
mère que tous les arrangemens préliminai-
res du mariage se feraient beaucoup plus fa-
cilement dans le pays où étaient les tuteurs
de la mineure qu'il allait émanciper. Lady
Graham alors au plus mal avec Saint-

Tropez, saisit avec empressement ce motif pour
s'éloigner de Paris. On est peu habile à discuter des intérêts d'argent quand on est abîmé
de chagrins. Eût-elle eu le cœur moins oppres-
sé, milady n'eût pas été plus prévoyante
pour son avenir. Il eût fallu se défier d'un
gendre qui pour le moment lui était cher et
qui avait envahi toute sa confiance, d'une
fille qu'elle aimait jusqu'à la faiblesse et à laquelle elle regardait comme son plus saint
devoir de se sacrifier en toute occasion. Jérémie avait donc pour lui son esprit madré,
les lois anglaises faites par des maris, et la
lettre du testament, œuvre machiavélique
d'un époux qui avait porté la jalousie au-delà
du tombeau! A peine si les tuteurs firent
quelques objections sérieuses pour qu'il usât
avec modération de ces énormes avantages ;
il éluda la réponse, et Rachel leur ferma la
bouche en répétant sans cesse que c'était
entre elle et sa mère une affaire d'honneur
et de piété filiale ; que les affaires de ce genre

n'avaient pas besoin d'être stipulées par actes
notariés.

Elle était de bonne foi quand elle parlait
ainsi. Les assurances qu'elle donnait si fièrement, elles les avait reçues à plusieurs reprises de son futur. Mais elle se repentit cruellement de s'en être fiée à sa parole quand
arriva le moment de l'exécution.

Jérémie tenait les clefs du secrétaire et l'a-
vait ouvert plus souvent pour fournir aux
pertes du jeu, que pour payer les dépenses
régulières. Il y puisait aussi pour satisfaire
d'autres goûts que la jeunesse et la beauté
de sa femme ne satisfaisaient déjà qu'in-
complètement au bout de quatre mois de
ménage. A la vérité c'était un peu la faute
de Rachel. Elle avait les idées françaises
sur la dignité et l'autorité féminine; les
refus étaient une des armes que sa précoce sagacité employait pour les soutenir
contre les formidables attaques d'un mari
qui quoique français, trouvait fort com-

mode le despotisme marital de l'Angleterre.

Le premier quartier de la pension verbalement promise était échu depuis plus de quinze jours, et Lady Graham n'avait encore rien touché. Jérémie, questionné à ce sujet, répondit d'abord que le quartier était acquitté, puis qu'il le serait dans la journée ou le lendemain. Représentations pressantes de sa femme; accès de mauvaise humeur du mari, au milieu duquel il déclara n'avoir pas d'argent pour cet objet-là.

« Que veut dire ceci? demanda Rachel en abaissant les noires arcades de ses sourcils.

» — J'ai cru que vous saviez le français, » répondit dédaigneusement Jérémie; et il partagea son attention entre une tranche de plum-pudding et une carte de martingale qu'il étudiait en mangeant. La scène se passait au dessert d'un dîner. A peine le repas fut-il fini, que Jérémie sortit sans prendre congé de sa femme. Celle-ci trouvant une leçon de ruse dans chaque nouvelle marque d'indifférence, le fit suivre par sa femme de chambre; il rentra à deux heures du matin. Madame Jérémie, qui l'attendait pour l'accabler de reproches, fut alarmée et sentit renaître toute sa tendresse en voyant l'état où il revenait : ses habits déchirés et en désordre, un œil poché et la contenance encore plus altérée par une rage concentrée et les efforts qu'il faisait pour la contenir. Jérémie, les poches pleines d'or pour aller dans une maison de jeu, avait fait une pause dans une maison de filles, et y avait été boxé et dévalisé par les souteneurs.

« — Au nom du ciel, que t'est-il arrivé, cher ami? Tu es tombé ; on t'a assassiné? prends quelque chose pour te remettre; repose-toi; assieds-toi. » Et elle l'accablait de caresses et d'embrassemens. Malheureuse ! aussi pourquoi sortir si tard?... parle, reponds-moi, cher ami, mon bon Jérémie ! »

Jérémie la repoussait avec dureté. « Eh bien! dit-elle en éclatant en pleurs et en sanglots, que d'autres soient plus heureux que moi;

tu te laisseras peut-être secourir par eux. »

Elle saisit un cordon de sonnette. Son mari
lui arrêta le bras et lui dit brusquement: « Je
n'ai besoin des secours de personne, laissez
dormir vos gens et allez tâcher d'en faire
autant vous-même. Vous devriez être couchée depuis long-temps. Me croyez-vous dupe
de cette comédie ? l'espionnage m'est odieux
et je ne souffrirai pas qu'il soit exercé
sur moi dans ma propre maison. »

« — Cher Victor, nous sommes bien à plaindre tous les deux, puisque tu te méprends
à ce point sur les motifs qui me guident.
Compte le temps depuis notre mariage, et
demande-toi si un peu d'inquiétude n'est pas
excusable au milieu des désappointemens
que j'éprouve. Peu de communications, plus
de confiance entre nous, des journées sombres, des soirées solitaires : devais-je m'attendre à cela sitôt après les enchanteresses
peintures que tu traçais de notre félicité domestique; après des soins tant suivis pour

gagner mon cœur, après des poursuites si empressées, si tenaces pour obtenir ma main contre le gré de mes parens ! »

Jérémie, qui avait commencé à se déshabiller, ne marquait son attention que par des signes d'impatience et en grommelant quelques jurons. Cela fit dissiper graduellement le mode tendre et revenir le ton d'aigreur sur lequel sa femme était montée à la fin du dîner.

« —Au moins, monsieur, en me faisant expier mon erreur, vous devriez épargner ma mère qui ne l'a partagée qu'un moment et un peu par force ! que dira-t-elle en apprenant la manière dont je suis traitée ? et le moyen de le lui cacher plus long-temps ! le retard de l'acquittement de notre dette envers elle a pu se couvrir par des prétextes ; l'impossibilité absolue de l'acquitter doit amener une explication.

« —Madame, laissez-moi tranquille et allez vous coucher ; » dit Jérémie après avoir grasseyé le plus énergique des juremens créo-

les. Au lieu de continuer sa toilette de nuit ,
il avait changé de linge et s'était habillé pour
sortir de nouveau. Un rouleau de billets de
banque qu'il avait tiré d'un portefeuille et
mis dans sa poche, indiquait assez qu'il allait essayer de retrouver au trente et quarante l'or dont on l'avait dépouillé dans
Saint-Martin's Lane. Il allait pour sortir ,
Rachel lui barra fièrement le passage.

« — Eh bien soit, homme cruel et froid ,
votre cœur est vide d'amour; mais ne me
laissez pas croire que l'honneur aussi n'y a
été que comme un feu follet et passager. Un
engagement a été pris envers notre mère,
plus solennel et plus inviolable que s'il avait
été juré et signé devant les magistrats. C'est
votre loyauté et la mienne qui en furent les
seuls garans. J'entends que demain au plus
tard il soit rempli : vendus ou bien engagés,
le peu de bijoux que vous ne m'avez pas encore repris me fourniront une somme suffisante; mais ma satisfaction serait incomplète.

Avant tout, il faut que j'estime mon mari,
et je ne veux pas mentir en assurant à ma
mère que c'est expressément lui qui a payé
sa pension. Prenez mes bijoux et laissez-moi
en échange un peu de ces billets que vous
allez jeter dans le gouffre qui en a déjà ense-
veli tant d'autres.

» —Maudite femme ! je suis le maître ; mes
affaires ne regardent que moi ; pour la cen-
tième fois, je vous ordonne de vous retirer.

» —Je vais le faire tout à l'heure ; mais écoutez les rêves qui vont me bercer pendant mon
sommeil : du train dont je vois que vous allez,
notre fortune ne durera guère plus de trois
mois ; et au bout de ce temps sans doute,
nous irons vous et moi joindre au fond de la
Tamise ou à la Morgue de Paris, les nombreuses victimes du jeu et du libertinage.
Nous aurons alors une excuse valable pour ne
pas acquitter nos engagemens : mais en attendant...

» — Allez au diable eux et vous ! il ne me plaît pas, il ne me plaira jamais de les acquitter.

» — Misérable ! achève ; ajoute que tu n'as jamais eu l'intention de les tenir ! O mon Dieu ! il ne me manquait plus que cette humiliation... Je reculais ; je ne voulais pas le croire ; mais il faut se résigner. O lady Graham, que je n'ose plus appeler ma mère ! ô Saint-Tropez ! qui étiez réellement mon ami, vous aviez raison : celui auquel j'ai prostitué mon cœur était un malhonnête homme, qui n'avait besoin que de mon argent. »

Un soufflet brutalement appliqué renversa madame Jérémie. Elle se releva, et baisant avec transport la main qui l'avait frappée : « — Dieu soit loué ! je me suis trompée. Je t'accuse injustement. Tu veux donc payer ? tu paieras, demain, un de ces jours, avec l'argent que tu gagneras, avec celui de mes bijoux, si tu n'en as pas d'autre.

« — Jamais ! » cria Jérémie entaillé jusqu'au

cœur par les reproches de sa femme et par
ce retour de tendresse qu'il prenait pour une
amère ironie. Alors Rachel sauta sur une
belle pendule qui était sur la cheminée, et
la mit en mille pièces en la faisant tomber
sur le marbre du foyer.

« — Je te la donnai le jour de notre mariage : elle a sonné toutes les heures de notre
union ; notre union est brisée comme elle. »

Puis, passant une main sur son ventre ar-
rondi :

«—L'enfant que je porte ne viendra pas à
terme ; je le sens. Lui aussi veut se séparer
de moi, comme son père. Il a raison : le ciel
est prévoyant : la race des fripons et des lâ-
ches aurait fait horreur à sa mère. »

Jérémie était avare comme tous les joueurs :
la perte de la pendule le poussa à bout. Il
saisit à poignée les cheveux de sa femme, et
la soulevant à bras tendu, il la balança
quelques instans, comme la tête coupée
qu'un bourreau promène devant le public du

haut d'un échafaud. Il s'en fallait de peu
que la physionomie de Rachel ne fût aussi
effrayante. Le poids de son corps suspendu
par les cheveux lui causait une atroce douleur dont pourtant l'expression était contenue par une indignation hautaine. Jérémie,
obsédé de ses regards fixes et méprisans, la
lança à volée de toute la force de ses robustes
épaules et de toute la hauteur de sa stature
herculesque. Elle éprouva une secousse profonde, quoiqu'elle tombât assez mollement
pour ne pas se blesser. Elle était tombée sur
un lit. Quelques atomes de pitié se réveillè-
rent-ils dans le cœur du mari, en la voyant
sangloter et faire des mouvemens convulsifs
dans un demi-évanouissement? Possible. Il
prit un canif et coupa les cordons des robes
et corsets; puis, l'ayant emprisonnée sous
les couvertures pour modérer ses sauts de
carpe, il donna un coup de sonnette et ras-
sura ses scrupules en ricanant et murmurant
quelques froides plaisanteries sur la sensi-

blerie féminine. La femme de chambre, en arrivant, découvrit le lit où était couchée sa dame; il était inondé de sang. — *Good god, sir!* Bon Dieu, monsieur, courez vite chez le docteur; madame va faire une fausse couche.

— J'y vais, dit tranquillement Jérémie.

Il y alla effectivement; la maison de jeu vers laquelle il s'était d'abord dirigé s'était trouvée fermée.

Avant d'être en pleine convalescence, madame Jérémie commença une poursuite judiciaire en séparation de corps et de biens. L'avocat, qui était un beau et spirituel jeune homme, eut bientôt un double intérêt à gagner le procès dont il s'était chargé.

Mais Jérémie trouva un moyen infaillible pour rappeler sa femme à ses devoirs, sinon à son amour. Surpris en flagrant délit d'escroquerie, il fut emprisonné, et attend encore son jugement. Rachel a senti que pour le public ce malheur a effacé les torts de son mari envers elle; aussi s'est-elle désistée de la poursuite en séparation ; elle lui rend tous les services qui sont en son pouvoir. Elle va fréquemment le visiter pendant le jour, et ne voit plus son avocat que la nuit.

Le Mariage de convenance.

>●<

Un mariage tardif devait réparer les torts
d'un mariage précipité : ainsi l'avait décidé
la sagesse de mes amis. C'est à la chapelle de
l'ambassade anglaise, à midi, que devait
être bénie leur union.

J'arrivai à onze heures chez Saint-Tropez,
que je trouvai encore enveloppé de sa robe

de chambre, hésitant entre un habil-
lement noir complet et un autre de couleur
plus gaie, qui étaient étalés sur deux chaises.

« — Bonjour et diligence, philosophe coquet. — C'est aujourd'hui, ou jamais, le cas
d'être l'un et l'autre; mais puisque te voilà,
donne-moi un conseil. L'habit et pantalon
noirs sont permis en France pour les cérémo-
nies, mais ma future est superstitieuse, elle
y verrait un présage de deuil. Si je prends un
habit de couleur, il faut mettre une culotte
courte. Mes jambes grêles lui feront pitié et
feront rire nos témoins. — Eh! mon cher,
la culotte courte est surannée; mets un pantalon de nankin, ou mieux de coutil blanc.
— Ah! c'est juste, et avec cela un gilet de
piqué blanc. — C'est cela. — Et cet habit
bleu barbot aux boutons dorés. — A merveille! tu auras ainsi un vrai costume de
fête. — C'est juste. Quel trait de lumière!
je n'y avais pas pensé, tu me tires d'un fier
embarras. »

Plus mon ami parlait, et plus curieuse-
ment je l'examinais. Son attitude était aussi
singulière que ses paroles. Il ricanait, gesticulait, tournait dans sa chambre d'un air si
emprunté et avec une si visible contrainte, que je souffrais et craignais d'augmenter son embarras en lui laissant comprendre que je le remarquais. Je mens ; c'est de
voir se dissiper cet embarras que j'avais réellement peur. Je devinais trop quelle tempête
tourbillonnait au fond de cette âme dont la
surface jouait l'indifférence et la frivolité. Il
se dissipa enfin sans autre transition qu'un
moment de silence et quelques efforts pour
dissiper une oppression de poitrine.

«—Auguste, me dit-il en me prenant tout-
à-coup les mains, tu le sais, je n'ai jamais
été heureux. A l'école, les succès de mes camarades me faisaient envie, et j'étais paresseux ; dans le monde, j'ai été ambitieux et je
n'ai jamais su courber ma fierté ou rassurer
ma timidité. J'ai eu cette tendresse vaniteuse

qui se complaît dans l'esprit de famille, et
je n'aurai jamais d'enfans, et tous mes parens sont de la plus humiliante médiocrité.
Des passions ardentes tant qu'elles sont sans
but, le sentiment de la morale, la notion
des choses convenues sans la force de les res-
pecter ou de les braver entièrement : avec un
tel caractère, aucune joie n'a pu être complète, aucune espérance me fasciner, tandis
que le livre de ma vie, quoique à peine à
moitié feuilleté, m'offre par centaines des
pages que pour tout au monde j'en voudrais
arracher. De celles-là, tu le juges bien, il y
en a, et beaucoup, dans le long et triste chapitre que je vais clore aujourd'hui. Cette
femme si simple, si peu inquiète de l'opinion
du public; qui se laisse aller si naïvement à
la pente de son cœur, si tu savais quelle résistance a faite sa vertu pour elle-même! et
quelle industrieuse obstination, quels artifices il a fallu employer pour aller au-delà
des aveux ! Leur souvenir m'est odieux en-

core au moment où je vais lui faire la plus
solennelle réparation, peut-être, hélas! et
pour la réparation à laquelle ils me forcent. »
Il s'arrêta suffoqué. Une quinte de toux
amena quelques crachats sanguinolens. Je
lui rappelai doucement que le temps pressait, qu'il n'était pas prudent de parler si
long-temps, et surtout sur un pareil sujet. Il
trépigna d'impatience. « —Laisse-moi me dé-
bonder une bonne fois. Voici le dernier moment où il m'est encore permis de dire la vérité, de la regarder en face. Je n'ai jamais
voulu me faire à tes yeux un mérite que je
n'ai pas ; je dois à la société la réparation
d'un scandale, à lady Graham celui des torts
les plus graves. Je me dévoue, mais sans enthousiasme. Que le devoir est amer privé de
toute illusion ! Quel hymen, pour moi qui
me connais et qui connais lady Graham !
pour elle qui ne me connaît guère mieux
qu'elle-même ! Car, cher ami, ne t'y trompe
pas ; ami grondeur, amant peu expansif, je

n'ai pas encore laissé voir à Sakontala tout
ce qu'il y a de triste et d'épineux dans mon
caractère. Amante, elle a eu la puissance de
me modifier profondément, je suis devenu
près d'elle et pour elle cocher, dévot, fem-
melette sujette aux attaques de nerfs. Ma
ferme volonté de dissimuler encore tiendra-
t-elle contre un contact de tous les instans ?
Ma prudence ne se laissera-t-elle pas endormir par les pavots conjugaux ? »

Puis, se soutenant la poitrine à deux
mains et laissant tomber ses paupières comme
un homme qui se sent mourir : « — Que dis-je ?
murmura-t-il, ce serait un service, et je n'aurai pas le temps de le lui rendre. Elle aura
encore des illusions au moment où ces illusions pourront la désoler. Veuve le jour de
ses noces, veuve avec un mari, elle n'aura
changé de nom que pour se trouver bientôt
complètement veuve. » Ses lèvres pâlissaient :
je sonnai vivement pour appeler son domes-

tique. L'approche d'un œil étranger fit soudain son effet accoutumé.

« —Un pantalon de coutil blanc tout de suite, et la voiture dans cinq minutes, » dit-il d'un
ton indifférent. Il s'habilla rapidement, et
nous roulâmes vers la maison de la future.

Là aussi, il y avait eu une scène de tristesse. Nous arrivions tard, cela semblait in-
diquer peu d'empressement de la part du
futur. On s'était inquiété en l'attendant, et
donnant à son retard des motifs imaginaires,
mais désolans. Un accident arrivé pendant
la toilette avait déjà prédisposé l'esprit de
Sakontala à s'alarmer. En Angleterre, et surtout à Calcutta, le voile fait partie obligée du
costume d'une mariée, qu'elle soit demoiselle
ou veuve convolant en secondes noces. Celui
de lady Graham avait pris feu en voltigeant
par-dessus un réchaud, où brûlaient des
parfums. Son imagination asiatique avait tiré
de cet accident les présages les plus sinistres.

On a beau dire, les pleurs n'embellissent

pas la figure, surtout celle d'une femme de
trente-cinq ans; et, en ce moment, lady
Graham paraissait tout son âge. Sa toilette
maladroitement composée de pièces où le
blanc dominait trop, donnait à sa figure
brune l'apparence d'une mouche dans du
lait, comme dit le proverbe. Mon ami, à qui
rien n'échappait, n'en eut que plus de mérite
de paraître enchanté. Il l'embrassa et la re-
conforta avec l'accent le plus tendre et les
empressemens les plus gracieux.

Dans la chapelle, cet homme inconcevable me donna d'autres preuves de l'empire
qu'il avait sur lui-même; il écouta sans sour-
ciller le protocole anglican que le prêtre dé-
bite pendant la cérémonie du mariage. J'en
avais entendu vanter la touchante et antique
simplicité, je me le suis fait traduire. A présent que je le connais, son début me ré-
jouira beaucoup, si mon étoile veut que j'é-
pouse jamais une Anglaise.

« Chers bien-aimés, nous sommes ici

réunis en présence de Dieu et de cette assem-
blée pour unir cet homme et cette femme
par le saint nœud du mariage, état honorable, institué par Dieu au temps de l'innocence de l'homme. Il ne faut pas s'y sou-
mettre légèrement, par imprudence ou caprice, pour satisfaire ei luxure et l'appétit
charnel comme des bêtes brutes privées d'intelligence, mais avec révérence, discrétion,
sobriété, en la crainte de Dieu, et en considérant dûment le but pour lequel le mariage
fut institué.

« C'est d'abord pour procréer des enfans
et les élever dans la crainte de Dieu, et pour la
louange de son saint nom. Secondement, le
mariage est institué comme un remède
contre le péché et comme un moyen d'éviter
la fornication; pour que les personnes privées du don de la continence se maintiennent
par le mariage membres non souillés du
corps de Jésus-Christ. »

Ces nudités bibliques, excellentes, sans

doute, pour l'instruction d'un couple novice,
étaient un hors-d'œuvre un peu embarras-
sant pour des époux munis d'une expérience
anticipée. La perspective des plaisirs légitimes du mariage et des joies de la paternité,
le conseil d'en user sobrement, étaient une
amère dérision pour un homme qui sentait
son corps épuisé e. sa fin prochaine.

. . Mais le stoïcisme de Calixte ne s'en exé-
cuta pas moins jusqu'au bout. Le lendemain,
quand j'allai faire ma visite aux nouveaux
mariés, Sakontala m'embrassa, embellie, ra-
jeunie et rayonnante. La volupté orientale
jusqu'alors contenue par une fausse position,
s'était déployée avec son enivrante et irrésistible puissance, légitimée désormais par le
devoir, tel que Sakontala le comprenait. Elle
ignorait, la pauvre femme, à quel intérêt
usuraire elle venait d'escompter les jours de
son mari. Je le lus sur sa figure plombée
quand madame Saint-Tropez m'introduisit
dans le cabinet où il était à écrire. Mais les

explications furent éludées même après que
sa femme nous eut laissés seuls. Quelques
lieux communs de bon goût, quelques ob-
servations délicates, une gaieté de tête, voilà
tout ce que je pus tirer de lui. J'ai souvent
remarqué le changement singulier qui s'o-
père dans certains hommes le lendemain
d'un riche mariage ou d'une promotion à une
grande place. Les amis sont officiellement
avertis qu'on a d'autres prétentions, qu'on
veut d'autres intimités; l'amour-propre et
l'égoïsme se drapent dans des politesses éva-
sives, se gourment dans un respect propre
à repousser la familiarité. Cette diplomatie
de gens qui ont l'air de vouloir jouir tout
seuls refroidit et prête à rire; mais celle de
Calixte me serra le cœur. Je vis clairement
qu'il se tenait parole, et que désormais ses
chagrins seraient renfermés en lui seul.

Au bout de quelques jours je vis faire les
apprêts d'un grand voyage. Les meubles furent vendus, tout l'argent réalisé, on parla

vaguement de Londres. Mais au moment du départ, Saint-Tropez m'apprit que le but du voyage était un peu plus éloigné.» Nous allons à Calcutta, me dit-il, ma femme aime l'Inde, et j'ai l'espoir d'y faire fortune. Tu sais d'ailleurs combien ma santé souffre dans ces climats froids et brumeux. Lasinec redoutait pour moi la chute des feuilles, je me sauve dans un pays où les feuilles ne tombent jamais. »

CONCLUSION.

Un danger plus prochain, auquel mes amis n'avaient pas pensé, vint les soustraire aux terribles influences de l'automne de l'année et de l'amour. C'était par le vaisseau l'*Asia* qu'ils étaient partis pour l'Inde; un journal m'apprit que ce bâtiment avait péri corps et biens en doublant le cap de Bonne-Espérance.

FIN.

TABLE DES MATIÈRES.

FIN DE LA TABLE

www.ingramcontent.com/pod-product-compliance
Lightning Source LLC
Chambersburg PA
CBHW050749030726
47505CB00002B/475